またね。
～もう会えなくても、君との恋を忘れない～

小桜菜々

STARTS
スターツ出版株式会社

〝またね〟
それは　君と私の合言葉
君のすべてを愛してた
絶対に忘れないよ
たとえ　もう会えなくても

ずっとずっと　そばにいたかった
叶わないとわかっていても　諦められなかった
結ばれないとわかっていても　離れられなかった
どんなことをしてでも　私だけを見てほしかった
君さえいてくれれば　他になにもいらなかった

感動的な純愛物語なんかじゃない
決して綺麗じゃないけれど
誇れるような恋じゃないけれど
私にとって　一世一代の恋でした

目次

新装版　またね。
～もう会えなくても、君との恋を忘れない～

第一章　はじまりとおわり

あの頃の私は　いつもどこか満たされなかった
もやもやして　反抗的で　ひねくれていて　そのくせ臆病《おくびょう》で

反抗期や思春期と言ってしまえばそれまでだけれど
いつもなにかを求めていた気がする
私を満たしてくれるなにか　夢中になれるなにか

どんどん大人の階段を上っていくみんなに
取り残されたような気持ちになって
焦《あせ》って　どんどん殻《から》に閉じこもっていった
そんな時に出会ったのが君でした

◇　◇　◇

夏休み前まではわいわいと賑《にぎ》やかだったこの教室も、あっという間に受験一色になっていた。ただでさえ雪国では貴重な短い夏だというのに、夏休みが終わると同時に早くも終わりを迎《むか》えてしまったらしい。

「菜摘《なつみ》さ、髪黒くしなよ。もうすぐ受験なんだから」

昼休み。トイレの鏡の前で、いつも行動を共にする伊織《いおり》が、ショートカットの髪をコームで丁寧《ていねい》にとかしながら言った。

私より十センチも背が高い伊織を見上げ、受験生とは思えないほど明るく染《そ》まった自分の髪を指先でつまんでみる。長期連休明けは、休み中に羽目を外して染めた髪色のまま登校する子で溢《あふ》れるのが恒例だったのに、今やこんな髪色なのは学年で私だけだった。

「願書の写真撮る時に黒スプレーで染める」

「馬鹿。願書以外にも内申《ないしん》とかいろいろあるでしょ」

「私立行くって言ってるじゃん。べつに内申とかどうでもいいし」

私が受験する予定の高校は、市内で一番偏差値《へんさち》の低い私立高校。決して評判がいいとは言えないところだけれど、とりあえず高校生になれるならなんでもいい。勉強が大の苦手な私にとって、その高校はもってこいだった。

「確かに名前書けば入れるようなとこだけどさ。菜摘にはあんな高校似合わないよ」

コームを小花柄のポーチにしまい、代わりに取り出したフルーツ系のリップを塗《ぬ》る伊織は、誰もが認める学年一の優等生だ。

テストの成績は常に首位をキープしていて、生徒会長を務めていて、おまけに美人で女の子らしくて人望も厚くて、まさに才色兼備《さいしょくけんび》。これは親友としての過大評価じゃなく、伊織のことを知っている誰もが口を揃えてそう言うだろう。テストの成績がほぼ学年最下位で、校則を守らずに先生に怒られてばかりの私とは正反対である。

「菜摘はやればできる子なんだから。気持ちの問題じゃん」

「うん。まあ、気が向いたらね」

その〝気持ち〟はどこから湧いてくるのだろう。

伊織をはじめ仲のいい友達は、みんな将来の夢を持っていた。教師に保育士に看護師に、医者や弁護士なんて子もいる。まだ中学生だというのに、どうしてそんなに立派な夢を抱けて、ひたむきに頑張《がんば》れるのだろう。

私には将来の夢どころか、趣味も特技もなにもない。だから、行きたい高校なんてあるわけがなかった。

廊下《ろうか》へ出ても伊織の説教が止まらず、そろそろ反撃《はんげき》を開始しようとしたところで、

「そうだよ。私立行くなんて話違うじゃん」

突然後ろから肩を叩かれた。振り向くと、幼稚園からの幼なじみである隆志《たかし》が立っていた。伊織と同じく、ひねくれ者の私に付き合ってくれる大切な親友だ。

説教が倍になるのはごめんだから、窓側の最後列にある自席へダッシュで向かう。

椅子を引いて腰を下ろすと、余裕で追いかけてきた隆志が続けた。

「一緒の高校行くって約束しただろ」

二年生になってすぐの頃、確かにそう約束した。もちろん覚えているし、その時は本気でそう思っていた。

隆志の志望校は、市内では中間くらいの偏差値である南高《みなみ》。

伊織は市内トップの進学校を志望しているから確実に離れるし、他の子たちもそれぞれの夢に向かって最短ルートとなる高校を志望している。つまり私と同じレベルの高校に行くような女の子がひとりもいないのだ。

そんな中で隆志と同じ高校に進学できたら、私だって嬉しいし安心する。だけど私の成績じゃ、そんな普通《ふつう》レベルの公立高校すら合格は危《あや》うい。

「だって、入れるかわかんないし」

「わかんないから頑張るんだよ。やる前から諦めんなよ」

「そうだよ。あたし勉強教えるし、一緒に頑張ろうよ」

私の進路だというのに、どうしてこんなに張り切っているのか。

私は今が大事で、精いっぱいで、将来なんて遠い未来のことまで考えられない。

そんな私にとって、ふたりは——周りのみんなは、とても眩《まぶ》しい存在だった。

いつまでも将来を見据えられないのは、子供なのは、私だけなのだろうか。隆志なんて中学に入ったばかりの頃は私より背が低かったのに、今は見上げるくらいになっていて、なんだか取り残された気分になる。

「来月、南高の体験入学あるから一緒に行くぞ」

「気が向いたらね」

「絶対向かないでしょ！　いいから行きなよ。隆志、ちゃんと連れてってね」

「わかったよもう……」

ふたりに気圧《けお》されて、渋々《しぶしぶ》頷いた。

九月下旬《げじゅん》。約束通り、隆志に連れられて体験入学に参加した。

「それでは引率《いんそつ》の先生に従い、校内を見学してください」

学校の方針やらなんやらの説明が終わると、壁側に並んでいた数人の教師たちが私たちの前に立ち、端《はし》から順番にいくつかのグループに分けていく。

私たちのグループを担当するらしい先生の説明によると、校内見学のあとはちょっとした体験実習があるようだった。南高は普通科と専門科がある。隆志は普通科志望だから実習に興味がないようだけれど、私はただぶらぶら歩くより楽しそうだと思った。

初めて来る〝高校〟は、中学とは比べ物にならないほど大きくて広かった。

方向音痴《おんち》な私にとっては複雑《ふくざつ》すぎるコースを歩き、校内を一周すると昇降口《しょうこう》を出て、本館から少し離れた場所にある、これまた大きな建物の中へと足を運ぶ。さすが専門科もあるだけに、とても公立とは思えない広さだ。

実習室の中には、作業服を着た男の先生と数人の高校生が待ち構えていた。いくつかの部品を組み合わせて、簡単《かんたん》な機械《きかい》を組み立てるらしい。

説明を聞いた時はまったくもって意味不明だった実習も、実際にやり始めると意外に楽しかった。

「ヤマギシ、ちょっとこっち手伝ってくれ！」

私のグループの様子を見に来た先生が言った。各テーブルには指導する高校生がふたりずつ配置されているものの、中学生から次々と来る質問にてんやわんやになっていた。

「あれ？　先生、この子うまいじゃん」

黙々《もくもく》と作業を進めていた私の頭上で声がした。

うまい？　なかなかいいこと言うじゃん、ヤマギシ。

「この実習できる子って珍《めずら》しくない？　しかも女の子で。才能あるね」

ずいぶんと大げさに褒められ、一旦手を止める。

どんな人なのか気になって顔を上げると、ヤマギシと目が合った。

色素の薄い、透き通るようなブラウンの瞳が綺麗だと思った。

くっきり二重《ふたえ》の大きな目に高い鼻。整った顔立ちだけれど、やや垂れている目尻と唇の両端がナチュラルに上がっている大きな口のせいか、可愛らしいという印象を持った。無造作《むぞうさ》にセットされた柔らかそうな髪。背が高くて細身なのに、まくった袖から見える腕《うで》にはしっかりと筋肉がついている。

かっこいい。信じられないくらい私のドストライクだったヤマギシに、思わず見惚《みと》れてしまった。

「うまいじゃん。これならうちの高校入っても大丈夫だ！」

無邪気《むじゃき》に笑ったヤマギシは、私の頭をくしゃくしゃと撫《な》でた。

「あ……はあ、どうも……」

緊張《きんちょう》のせいでうまく返せない。自分の感情だというのに、この気持ちをどう表現したらいいのかわからない。

目が合っただけで釘《くぎ》づけだった。聞こえるのは自分の激《はげ》しい鼓動《こどう》だけ。まるで世界が止まったみたいだった。ヤマギシに不思議そうな顔で見られた時、やっと目を逸らすことができた。

顔だけじゃなく、全身が熱い。きっと今、顔真っ赤だ。

こういうの、なんていうんだっけ。ひと目惚れ、だろうか。

〝ビビッときた〟とよく聞くけれど、もっと大きななにか。〝恋に落ちた〟だとか甘《あま》い言葉よりも、〝雷に打たれたような感覚《かんかく》〟と大げさに聞こえる表現の方がまだしっくりくるかもしれない。

彼との出会いは、私にとってそれくらい衝撃的だった。

実習を終えると、すぐに解散になった。隆志がこぐ自転車の荷台にまたがりながら、ヤマギシのことを考えていた。

秋風が私の横をすり抜ける。短いスカートから伸《の》びた足に冷たい風が容赦なく吹きつけて、膝《ひざ》がひりひりと痛む。だけど未だに顔だけは熱でもあるんじゃないかと思うほど熱いままだった。

「隆志、やばい。超やばいです」

「菜摘んとこに来た人かっこよかったよね。ひと目惚れしたか」

「え、なんでわかったの」

「あからさまに動揺《どうよう》してたし顔真っ赤だったよ。そりゃわかるって」

「まじか」

もしかしてヤマギシにもばれていただろうか。だとしたらちょっと恥ずかしい。

「尋常じゃないくらいタイプだった。ものすんごいドストライクだった」

「よかったね」

「連絡先とか訊けばよかったあ」

「んな余裕《よゆう》もタイミングもなかったじゃん」

坂道を下りきったところで赤信号に引っかかり、突然《とつぜん》止まった勢いで隆志の背中に軽く頭突《ずつ》きをした。全然痛くもないのに、なんとなく右手でおでこをさする。

「俺は応援するよ。だから、今度こそまともな恋愛《れんあい》しなさい」

これは隆志の口癖《くちぐせ》だ。

口癖にさせてしまうほど、私は中途半端《ちゅうとはんぱ》な恋愛ばかり繰り返していた。

誰かを本気で好きになったことなんて、一度もなかった。

「菜摘、どう？　やっぱり高校生いっぱいいるね」

「んー……いないみたい」

体験入学を終えた翌週の金曜日の放課後、私と伊織と隆志は街中のゲームセンターにいた。

ヤマギシのことを忘れられず、会いたい会いたいと呪文を唱え続ける私に、じゃあ高校生の溜まり場でも行ってみれば？と伊織が提案してくれたのだ。この田舎《いなか》町では、学生が遊びに行くような場所は限られる。その中のひとつがゲーセンだった。そんな最高すぎる提案に乗らないわけがなく、ふたつ返事で頷いて今に至る。

ヤマギシがいるかどうかなんてわからないのに。そんな都合よく会えるわけがないし、むしろ会えない可能性の方がきっと高い。だけど会いたくてどうしようもなくて、ほんの小さな奇跡《きせき》に賭《か》けるしかなかった。

一瞬でも、単なる偶然《ぐうぜん》でもなんでもいい。ただ、もう一度会いたい。

そう祈《いの》りながら一時間ほどねばってみても、ヤマギシは現れなかった。

「いるわけないか……」

そんな漫画《まんが》や映画みたいにドラマチックな偶然が現実に起こるはずないと、ちゃんとわかっていた。

「菜摘、ごめん、あたしそろそろ帰らなきゃ」

「もうそんな時間？」

ゲーセン内に設置されている時計を見ると、短い針は〝6〟を過ぎていた。

「うん、もう帰ろっか。付き合ってくれてありがと」

口ではそう言いつつまだ期待して、店内を見渡してしまう自分が馬鹿みたいだ。諦めが悪いにも程がある。

後ろ髪を引かれながら歩き出そうとした時だった。向かう先にある、出入口の透明《とうめい》のドアが両側に動く。そこに学ランを着た人が三人並んでいた。

真ん中の人――。

「あ……あ、あの人！」

「えっ？」

「ヤマギシ！　いた!!」

――奇跡が起きたと、本気で思った。

「嘘《うそ》！　どこ!?」

「あの三人組！　真ん中の人！」

耳打ちをしてから目線で方向を示すと、ヤマギシに気付いた隆志はありえないとでも言いたそうに仰天していた。

「あ、奥の方行っちゃうよ！　早く追いかけなきゃ！」

「うん、ちょ……ちょっと待っててっ」

ゲーセンに行くことが決まった瞬間から、もしも会えたらなにを言おう、なにを話そうと何度もシミュレーションを繰り返していたはずなのに、一瞬にして綺麗さっぱりぶっ飛んでしまった。

だけど、ありえないと思っていた、それでも期待せずにはいられなかった小さな奇跡が起きたのだ。なにがなんでもこのチャンスを逃《のが》すわけにはいかない。とにかく今話しかけなければ絶対に後悔する。

恐る恐る彼の後ろまで歩み寄り、大きく深呼吸《しんこきゅう》をして、勇気と声を振《ふ》り絞った――はずなのに、

「あの……、ヤマギシ……さん」

自分でも驚くほど、蚊の鳴くような声しか出なかった。心臓がドクンドクンと激しく波打って、少しでも刺激が加われば爆発してしまいそうだった。

なんとか声が届いたらしく、振り向いた彼は目を丸くした。

「えっと……ごめん、誰だっけ？　なんで俺の名前……」

「あの、こないだ体験入学で……」

頭が真っ白で、うまく説明できない。声を出したいのに、喉《のど》が声を通さないようにきゅっと閉じているみたいだ。

彼はどぎまぎしている私をじっと見る。目を合わせていられず視線を落とすと、胸元の名札に『2F　山岸《やまぎし》』と書いてあった。二年生だったんだ。

「ああ、思い出した！　うまかった子だ！　よく俺のこと覚えてたね」

女の子なんてたくさんいたのに、覚えていてくれた――。

破裂寸前だというのに、鼓動はさらに速まる一方だ。緊張で手が、体が震えてしまう。目は自覚せざるを得ないほど泳ぎまくっているし、また顔が真っ赤になっているかもしれない。

こんな自分は初めてだった。

「お……覚えててくれたんですか？」

「うん。だってほんとにうまかったし、ひとりだけめっちゃ茶髪だったし」

確かに、私以外はみんなちゃんと黒髪だった。

〝茶髪のうまかった子〟というイメージは微妙《びみょう》だけれど、それでもいい。

だってヤマギシが――山岸さんが、覚えていてくれた。

「第一志望、うちの高校？」

「あ、はいっ」

「そっか。誰でも入れるから安心していいよ」

大きな目を細らせてにっこりと微笑んだ。

笑うと少し幼くなって、可愛らしい顔がさらに可愛くなる。

「受験頑張ってね。じゃあ、またね」

山岸さんは手を振りながら、友達と一緒に奥の方へと歩いていった。

ほんの数分だったけど、山岸さんと話したんだよね……？

夢みたいな時間を終えて一気に緊張がほぐれた私は、大急ぎで近くに待機している伊織と隆志のもとへ走った。

「ねえどうしよう！　山岸さん私のこと覚えててくれたよ！」

「すごいじゃん、よかったね！　で、連絡先訊いた？」

「あれ……忘れてた」

「意味ないじゃん」

伊織の言う通りだ。

せっかく会えたのに、これじゃなんの意味もない。一ミリたりとも進展していない。

また会いたい会いたいと項垂れる日々が続くだけだ。だけどあまりにも緊張して、話すだけで精いっぱいだった。

「まあでも、よかったね。こんなにすぐ会えるなんて奇跡じゃん」

――奇跡、か。

「そうだよね……」

奇跡ってきっと一度だけ。なのに、あっさりと無駄にしてしまった。

だけど、山岸さんは〝またね〟と言ってくれた。なんの変哲もない、私自身も普段何気なく使っているだろうたったひと言が特別《とくべつ》に感じてしまう。

〝また会えるよ〟って、言われたみたいだった。

また会いたい会いたいと項垂れながら一週間が過ぎた。

今日はクラスの友達数人で、受験勉強の気晴らしという名目でカラオケへ来ている。

私は受験勉強なんてしていないから、気晴らしもなにもないのだけれど。

「ほんとになあ。なんであそこで訊けないかなあ」

痛いところを突きながらけらけら笑う隆志の肩を力いっぱい殴る。今の私は冗談《じょうだん》に付き合う気分じゃないし、さらりとかわせる心の余裕もない。大好きなカラオケに来ているというのに一曲たりとも歌う気になれないほど、一週間前の大きすぎる後悔に苛《さいな》まれているのだから。

〝またね〟

笑顔で手を振る山岸さんが、ずっと頭から離れない。

あの日のことを思い返すたびに、なにもできなかったことが悔しくて悔しくて爆発しそうだった。なにやってんだ私。

「冗談だって。南高入ればまた会えるもんな」

逆を言えば、南高に入るまで会えないということだ。

その頃には、きっと私のことなんか忘れられている。

「もう六時だよ。そろそろ出なきゃ」

学生フリータイムは十八時までだから、みんな立ち上がってそそくさと帰る準備を始める。伊織に五百円玉を渡し、「トイレ行ってくる」と伝えてひと足先に部屋を出た。

ああ、また会いたいな。もう一度会えたら、次こそは絶対に失敗しないのに。

どうやったら会えるんだろう。いつもゲーセンで遊んでいるのだろうか。通っていればいつか会えるかもしれない。だけど、奇跡って二度も起きるのだろうか。いや、そもそも一週間前に会えたのは奇跡なんかじゃなく、ただの偶然だったのかもしれない。

うだうだと考え事をしながらとぼとぼ歩いていく。トイレの前にあるフロントは、会計待ちで長蛇《ちょうだ》の列になっていた。その中に紛れている学ラン姿のふたり組は、背が高くてひときわ目立っている。

黒の学ランだから南高生だ。あれが山岸さんだったらいいのになあ……ともはや夢のような淡い期待を抱きつつぼうっと眺める。

その人の顔がはっきりと認識できる距離まで近付いた時、私はまた硬直してしまった。

ありえないと思った。信じられなかった。

これも偶然なんだろうか。いや、もうそんなのどうだっていい。

また会えるなんて――。

激しく脈打つ心臓に手を当てて、一歩ずつ、ゆっくりと歩いていく。

落ち着け。落ち着け――。

「山岸、さん……？」

ふたりが同時に振り向いた。見間違いなんかじゃなく、紛れもなく山岸さんだった。

心臓が全身に広がったみたいだ。今度こそ破裂してしまいそう。

山岸さんは一瞬目を丸くして、無邪気に笑った。

「実習の子じゃん。よく会うね」

ああああやっぱりかっこいい……。

「すごい偶然だね。友達と来てんの？」

「はい！　あ、でももう出ますけど」

「そっか。そういや名前は？」

「菜摘です！　高山《たかやま》菜摘！」

無駄に大声で自己紹介《しょうかい》をした私に、山岸さんは「菜摘ね」とまた笑った。財布から五百円玉を取り出して「俺のぶん」と友達に渡すと、お会計の列から抜けて私に手招きをした。

壁にもたれかかる山岸さんの隣に立って顔を見合わせる。

「もう出るんだよね？　菜摘って門限ある？」

さっそく名前で呼んでくれるんだ。

いつもみんなに菜摘と呼ばれているのに、なんだかすごく新鮮《しんせん》に感じた。

たぶん、いや絶対、顔がふにゃけている。だってこんなの嬉しすぎる。

あんなに会いたかった山岸さんと、また会えたのだ。

「門限ないですよ」

なくはないけど。

「そっか。帰っても暇《ひま》？」

「暇ですよ」

この流れは、まさか誘《さそ》おうとしてくれている……？

それとも単なる世間話だろうか。いっそのこと私から誘ってみようか。山岸さんと話したい、遊びたい、誘いたいのは山々なのに、断られたらどうしようという不安が先走って『遊んでください』のたったひと言が出てこない。

普段なら簡単に言えるのに、私はいつからこんな内気になったのか。

「今一緒にいた友達がバイト行っちゃうから、俺もこのあと暇なんだよね。よかったら俺の暇つぶしに付き合ってくれる？」

山岸さんはにっこりと微笑んだ。

勘違いじゃなかったことにほっとして、とっくに決まっていた返事をする。

「私でよければ！」

山岸さんと話せる。話せるんだ。たとえ暇つぶしだろうとなんだろうと、その相手に私を選んでくれたことが嬉しかった。

この人のことを、もっと、ちゃんと知りたい。知れば知るほど、なにかが変わっていく。根拠《こんきょ》もなにもないけれど、そんな予感がした。

伊織と隆志に報告し、フロントで別れて外へ出た。カラオケのすぐ近くにあるコンビニの前に山岸さんが立っていた。友達はもうバイトに行ったのかひとりみたいだ。白い息を吐きながら、両ポケットに手を入れている。

「寒かったですか？　待たせちゃってごめんなさい」

近付いてみれば、学ランの中はシャツしか着ていないようだ。

十月の雪国で、しかも夜にその薄着はちょっとありえない。

「全然待ってないけど、寒い！　菜摘、チャリある？　どっか行こ」

私のカーディガンの袖を掴んで足をバタバタさせる。

なにこの人。可愛い。自分よりもずっと大人だと思っている高校生が、まるで子供みたいなことをしているというギャップがとんでもなく可愛い。

「ありますよ。持ってきますね。山岸さんがこいでくれますか？」

「あ、さん付けしなくていいよ。敬語もいらないし。さん付けとか敬語とか、あんまり慣《な》れてないから」

そんなこと言われても。山岸……は、さすがにないな。

「下の名前でいいよ。呼び捨てで」

「え、でも、下の名前知らないんだけど……なんていうの？」

「ああ、そっかそっか。大輔《だいすけ》だよ。呼び捨《す》てでいいから。俺も菜摘って呼ぶし」

平凡《へいぼん》な名前なのにものすごく高貴に感じる私は、すでに重症《じゅうしょう》だろうか。

年上の人を呼び捨てするのはちょっと気が引ける。

しばらく考えて、

「えっと……じゃあ、大ちゃんって呼んでもいい？」

思いついたあだ名を口にした。

年上の男の人に〝ちゃん〟を付けるのも失礼かもしれないけれど、呼び捨てよりは気軽に呼べると思った。

「大ちゃん、ね。いいねそれ」

少し驚いていた彼――大ちゃんは、くすくすと笑った。

まさかここまで順調に事が運ぶとは思わなかった。目の前で微笑んでいるこの人は、夢や幻《まぼろし》なんかじゃない。目の前に、確かに大ちゃんがいる。

名前で呼び合うことがこんなに嬉しいなんて知らなかった。

こんなに幸せな時間があるなんて、私は知らなかった。

自転車を持ってくると、サドルにまたがった大ちゃんは「乗んなよ」と言った。私のチャリなんだけどと胸中で突っ込みながら荷台に乗る。

「あんまり遅《おそ》くなっちゃだめだよね。菜摘のこと送りがてら話そうよ。家どこらへん？」

「大丈夫だよ。さっきも言ったけど、門限ないし」

嘘なんだけどね。

「そういうわけにいかないだろ」

そこはもう流しちゃってほしかった。

時間制限なんていらないのに。次はいつ会えるかわからないのに。帰ってから親に怒られるかもしれないけれど、それでもいい。少しでも長く一緒にいたい。今の私にとって、大ちゃんと一緒にいられること以上に重要なことなんてひとつも思い当たらない。だけど困らせたくないから「わかった」と頷いた。

お互《たが》いの住所を教え合うとまったくの逆方向で、歩いたら一時間以上はかかる距離《きょり》だった。

時刻はもうすぐ十九時。ここは不便な田舎。バスの本数は少ないし、大ちゃんの家方面のバス停からはすでに離れてしまっていた。これ以上離れると大ちゃんが大変になるから、通りかかった公園に入って話すことにした。遊具はなく小山や小さな噴水がある、散歩などによく利用される広い公園だ。一番奥の屋根がついているベンチに座った。屋根があるだけで少し暖かい。

「この公園初めてだ。南高から近いよね」

「うん。たまに来るよ。授業サボる時とか」

「そうなんだ。……ねえ、大ちゃんって彼女いないの？」

今回は失敗するわけにいかない、絶対に前進しなければと決意を固めた私は、気合いを入れてさっそく切り出した。

思い立ったらすぐ行動、気になったら一直線。それが私のはずだと心の中で自分を鼓舞《こぶ》する。

「いないよ。彼女いない歴四か月」

心の中でガッツポーズをして、また顔がふにゃけそうになるのを必死に堪えた。

「菜摘は？　彼氏」

「いないよ。彼氏いない歴……」

あれ、いつからいないっけ。

記憶をたぐり寄せると、最後に付き合った人の顔がぼんやりと浮かんだ。

「半年くらい……かな。たぶん」

「すげえ曖昧《あいまい》だな」

曖昧なのは、よく覚えていないからだ。付き合っていた頃のことも、別れた理由も時期も。私が振られたことだけは覚えている。

私の恋愛はいつだって中途半端だった。好きでもない人と付き合って、すぐに別れて、付き合ったと言えるかさえ怪《あや》しいほどに期間が短いことも多かった。隆志が『まともな恋愛しなさい』と言うのはこれが原因だ。

好きでもない人と付き合うなんて、決していいことではないとわかっている。それでも私は、好きだと言われたら深く考えもせずに応えてきた。だけどそれがどうしてなのか、自分でもよくわからなかった。

「あ……ごめん。ちょっと自分の世界入っちゃってた」

せっかく一緒にいるのに、なにを考えているんだろう。

冗談めかして言うと、大ちゃんは急に私の頭を撫でた。私の頭が簡単に包まれてしまうくらい手が大きくて指が長い。

顔を上げると、

「菜摘、おいで」

大ちゃんはにっこり笑って両手を広げた。

「え？　おいでって……」

「なんか抱きしめたくなった。菜摘ちっこいし、俺の腕ん中にすっぽり収まりそうじゃん」

「ちっこいは余計だよ。てか、大ちゃんってチャラ男なの？」

「チャラ男じゃねぇよ。なんか……菜摘、寂《さみ》しそうだから」

寂しそう、なんて、初めて言われた。菜摘はいつも元気だねとか、悩《なや》みなさそうとか、みんなに言われるのはそんなことばかりなのに。

嫌だと思ったことはなかった。明るいとか元気とか言われるのはもちろん嬉しいし、悩みがなさそうというのは揶揄かもしれないけれど、実際にそこまで深く悩むことはないから反論もない。というか、うじうじするのが好きじゃないから、なるべく楽観的に考えてあまり思い悩まないようにしている。

なのに私は今、寂しそう、と言われたことになぜかほっとしていた。

「おいで。ほら」

腕を掴まれて抱き寄せられる。本当にすっぽり収まってしまった。

「菜摘はちっちぇーな」

「やっぱチャラ男だ」

「ちげえっつの」

好きな人に抱きしめられたというのに、ドキドキよりも安心感が圧倒的に勝っていた。大ちゃんの体温と、ほんのり香る甘い匂いにただただ安心して、なぜか泣きたくなった。

ああ、そうか。

どんどん前に進んでいくみんなに取り残されたようになる気持ちの名前も、よくないことだとわかっているのに好きでもない人と付き合う理由も、同じだったのだ。

私、寂しかったんだ。

私が答えにたどり着いたのを見計らったように、大ちゃんが私の頭をぽんぽんと二回撫でた。ずっと抱き合っているのも変だし、それを終わりの合図と解釈して大ちゃんから離れる。大ちゃんの腕の中から抜けただけで、嘘みたいに寒かった。

大ちゃんはどうして、私の中に隠れていた、私でさえ気付かなかった寂しさを見つけてくれたんだろう。

寒い寒いと言いながらも、私たちは移動することなくずっと公園で話していた。

大ちゃんと話していると楽しくて、次から次へと話題が溢れてきてしまう。

「さすがにそろそろ帰ろっか」

スマホで時間を確認すると、いつの間にか二十一時になろうとしていた。

もうそんなに時間経ったんだ。もっともっと話したいのに。

とはいえ、大ちゃんの言う通りそろそろ帰らなければいけない。はっきりと決められた門限はないものの、これ以上遅くなるとさすがに大目玉を食う。

「そうだね。帰ろっか」

「そんな落ちないでよ。じゃあいつでも会えるように、連絡先交換《こうかん》しよっか」

「えっ？　うん！　する！」

目を丸くした大ちゃんは、可笑しそうに笑った。

なぜ笑われたのか疑問に思いつつ連絡先を交換する。

「気を付けてね。時間遅いし心配だから、家着いたら連絡して」

「うん。わかったよ」

ただの社交辞令《しゃこうじれい》だとしても、心配してくれて嬉しい。

それに、さっそく連絡をする口実を作ってくれた。

「送ってやれなくてごめんね。じゃあ、またね」

「チャリだから大丈夫だよ。またね」

大ちゃんは手を振りながら帰っていった。

後ろ姿を見送ってから、私も家路《いえじ》を急ぐ。

家に着くと、すぐにスマホを確認した。友達一覧には大ちゃんがいる。交換したのだから当たり前なのに、まるで夢みたいに思えた。

これからはいつでも会えるんだ。もう奇跡を願わなくてもいいんだ。

【家着いたよ。大ちゃんは？】

そんな短い文を打つのに何分かかったかわからない。緊張しすぎてうまく打てなかった。

返事はすぐに来た。

【お疲《つか》れ。俺は寒くて死にそうだったから、タクシーで帰ったよ】

あんな薄着でずっと外にいれば、そりゃあ寒いだろう。

何度かやり取りをして、布団《ふとん》に潜った。

ずっと思っていた。

どうしてみんな、ちょっとしたことで奇跡だの運命だのと騒ぐんだろう。

好きな人と街中で偶然会った。星座と血液型が同じだった。誕生日が同じだった。好きなアーティストが、漫画が、小説が同じだった。

奇跡だの運命だの、そんなものはないのに。全部タイミングでできていて、たまたまタイミングがよかっただけの話なのに。ひと目惚れだって信じていなかった。初めて会った瞬間に好きになるなんてありえない。

という、ちょっとひねくれた固定観念を持っていた私は、大ちゃんとの出会いによってすべてが覆されてしまった。

大ちゃんと再会した時、真っ先に奇跡だと思った。二度目の再会で、運命ってあるのかもしれないと思った。

たった一瞬で、大ちゃんに恋をした。

＊

大ちゃんと遊んだ翌週の月曜日にまずしたことは、伊織と隆志に一部始終を報告すること。私はこれでもかというほど浮かれまくっていた。

「いや……うん。さすがにすごいな。運命ってあるのかも」

腕を組みながら「すごいよな」と繰り返す隆志に、私は勝ち誇るように笑ってみせた。

「連絡先は？」

「交換した！」

大ちゃんからだけど。

「じゃあこれで進路は南高で決まりだな！」

隆志の言う通り、大ちゃんと出会ったことで自然と決まっていた。

将来の夢が見つかったわけじゃない。体験入学の時、学校の方針やらなんやらと体育館で受けた説明の内容は覚えていないし、実習は楽しかったものの進学したい理由にまでなったわけじゃない。

なにもないのに、なにも変わっていないのに。こんな動機で志望校を決めるなんて、みんなに比べたらくだらないし不純かもしれない。

だけど、大ちゃんと同じ高校に行きたい。

「あたし勉強教えるから、頑張ろうね」

「髪も黒くしなきゃな。来週は願書の写真撮るし」

明確な目標ができたことが嬉しくて、大きく頷いた。

さっそく学校帰りに薬局に寄ってヘアカラー剤を買い、家に着くとすぐに髪を染めた。髪を乾《かわ》かして部屋に戻ると、なんだか勢いがついた私は勉強道具を机に広げた。

無難《ぶなん》に数学の教科書を開く。数学なのにどうしてアルファベットや変な記号が混《ま》ざっているのかと頭を抱えつつ格闘していると、しばらくしてスマホが鳴った。画面には【由貴《ゆき》】と表示されている。

由貴は同じ小学校出身の友達だ。中学は離れてしまったけれど、仲がよかったから今でもたまに連絡が来る。

「はーい」

『もしもーし。なにしてた？』

「勉強してた」

『勉強⁉　なんで⁉　私立行くなら勉強する必要なくない？』

「公立にした。で、なに？　どうしたの？」

『あ、そうそう。菜摘、植木《うえき》くん知ってるよね？』

植木くんは同じ小・中学校出身で二個上の先輩だ。直接関わりはないけれど、広い学校ではないし植木くんは目立っていたから、存在くらいは知っている。

「知ってるけど、植木くんがどうかした？」

『山岸くんのことも知ってるんだよね？』

「知ってるけど……由貴も知り合いなの？」

由貴の話はこうだった。

この間のカラオケで、大ちゃんと一緒にいたのは植木くんだったらしい（私は大ちゃんに夢中でまったく気付かなかった）。今日たまたま植木くんに会って、その時の話を聞いたとのこと。

『ふたりで遊んだんだって？　いい感じなの？』

「遊んだっていうか話したけど、いい感じかはわかんない」

うん、って答えられないのが悲しい。

『そうなんだ。好きなの？』

「うん、好きだよ」

由貴が一方的に大ちゃんのことを知っているだけで、知り合いでもなければ関わりもないらしいから、本人の耳に入る心配はないと踏んでの暴露《ばくろ》だ。

『まじ!? じゃあ金曜にでも四人で遊ぼうよ！　山岸くんに訊いてみてくれる？』

「わかったよ」

電話を切るとすぐさま大ちゃんにメッセージを送った。事のいきさつを説明すると、意外にも人見知りらしい大ちゃんは知らない女の子がいることをかなり嫌がったけれど、なにがなんでも大ちゃんに会いたい私が説得に説得を重ねて、最終的には強引にねじ伏せた。

そして迎えた金曜日。

四時間目の英語が終わる頃、制服のポケットに入れているスマホが震えた。先生に見つからないよう机の下でこっそり見ると、大ちゃんからメッセージが届いていた。

【おはよ。今起きた。昨日寝るの遅かったけど、ちゃんと学校行った？】

大ちゃんとはよくメッセージのやり取りをするようになって、昨日も深夜まで続けていた。

大ちゃんから連絡をくれたことが嬉しくて、授業中なのについ口許が緩む。それに今起きたということは、起きてすぐ私に連絡してくれたということだ。そんなの嬉しすぎて爆発しそう。

先生の目を盗《ぬす》んで返信する。

【おはよ。ちゃんと学校来てるけど、大ちゃんが学校行ってないんじゃん。もうお昼だよ？】

【俺は今日休みだもん。創立記念日ってやつ】

そんな情報聞いてない。

もっと早く言ってくれたら学校サボったのに！

【そうなんだ。わかったよ】

学校が休みということは、今は家にいるということで。

つまり、今からでも遊べるということで。

チャイムが鳴って先生が教室から出ていったことを確認すると、机の横にかけてある鞄を持って勢いよく立ち上がった。

「今日はもう帰るね！」

「えっ？　なんで？」

ぽかんとしている伊織に「大ちゃんと遊んでくる！」と叫《さけ》んで、担任が来ないうちに急いで教室を出た。

自転車にまたがり、校門を出たところで電話をかける。一秒でも早く声が聞きたくて、会いたくて、スマホを片手に自転車をこいだ。

『……もしもし。どうした？』

電話に出た大ちゃんの声はものすごく眠《ねむ》そうだった。二度寝していたのだろうか。起こしてしまったことを心の中で謝りつつ、いつもと微妙に違う電話の声にドキドキした。

「学校終わったよ！」

『は？　まだ昼じゃん』

「サボって帰ってきちゃった！」

『はあー？　そんなに俺に会いたいの？』

「うん！」

電話の向こうから笑い声が聞こえた。大ちゃんはよく笑う人だ。

『おまえ素直だな。ありがと』

「えへへ、どういたしまして」

『今どこ？』

「まだ学校出たばっかりだけど、とりあえず街の方に向かってた」

『今から行くわ。ちょっとあそこで待ってて。先週行った公園』

「じゃあ由貴に連絡するから、大ちゃんは――」

『あとでいいよ。とりあえずふたりで遊ぼ』

「へ？」

あとでいいって、ふたりで遊ぼって、なにそれ。そんなの期待しちゃう。

由貴には悪いけれど、とてつもなく嬉しい。

「うん、待ってるね」

電話を切って、急いで公園に向かう。駐輪場に自転車を止めて、大ちゃんが見つけやすいように屋根がついているベンチに腰かけた。

しばらくすると、視界の端に小走りで向かってくる大ちゃんの姿が見えた。初めての私服は、白のTシャツに黒のカーディガンにデニムと至極シンプルなのに、驚異的にかっこいい。

「待たせてごめんね。寒くなかった？」

「大丈夫だよ。早かったね」

「まあタクシーだからね。どこ行く？」

「またタクシーですか。……ねえ、ほんとに由貴たち呼ばなくていいの？」

「どうせ植木もまだ寝てるだろうし、ほっとこ」

心の中で由貴に謝って、欲求のままに頷いた。

とりあえずカラオケに行くことにした。案内された部屋は、テーブルを挟《はさ》んでソファーがふたつ向かい合っている。なのに大ちゃんは向かいじゃなく私の隣に座った。

なんとなくそうしただけかもしれないのに、私はいちいち過剰反応してしまう。

それからも私たちは、曲を入れずに話してばかりいた。

「大ちゃんってバイトとかしてるの？」

「なんで？　してないけど」

「だって、こないだも今日もタクシー使ったって言うから」

「ああ、親が小遣いけっこうくれるだけだよ」

「えっ、お金持ちなんだね」

「まあね」

羨《うらや》ましい、と思ったことをそのまま言おうとした私は、口をつぐんでしまった。

目線を空《くう》に投げた大ちゃんの表情からは、嬉しそうだったり自慢げだったり、そういう浮き立つような感情が見えない。

「なにその顔」

黙りこくった私の頬を軽くつまんで、困ったように笑った。

「家が金持ちって言ったら、みんなに羨ましいって言われるんだけど。そんな顔されたの初めて」

「いや……なんか」

なんて言えばいいのか、わからなくて。

「変な奴だな」

また困ったように笑った大ちゃんは、手を伸ばして私を抱き寄せた。その拍子に、
今日もまた甘い香りが私の鼻腔《びこう》をくすぐった。

なんの香りだろう。香水にしてはそれほど主張が強くなく、ボディミストのような、
柔軟剤のような、ふわりと包み込んでくれる感じがする。

「また寂しそうに見えたの？」

「んー、今日は違うかな」

――じゃあ、なに？

反射的に浮かんだ疑問は、口にできなかった。

「おまえやっぱちっちぇーな」

「うるさいな。大ちゃんがおっきいんだよ」

「そう？　俺ちっちゃい子好きだよ」

この低い身長がコンプレックスだったのに、大ちゃんのひと言でそんなのぶっ飛んでしまった。

緊張で強張っていた肩の力を抜いて、大ちゃんに体を預けた。

まだ四回しか会っていないのに、どんどん好きになっているのが自分でよくわかる。

どんどん大きくなっていくこの気持ちを、私はいつまで隠し通せるだろう。もはや隠せている自信はあまりないけれど、大ちゃんは気付いているのだろうか。

いっそのこと、今この場で打ち明けてみようか?

……いや、無理だ。まだ言えない。

もう少し時間がほしい。

「そろそろ植木たち呼ぼっか」

時間を確認すると、ちょうど学校が終わる頃だった。

大ちゃんといたら、時間が経つのが早すぎる。誘ってくれた由貴には本当に申し訳ないけれど、今日はこのままふたりでいたかった。

大ちゃんにそう言ったら、なんて返してくれるだろうか。

「また今度、ふたりでゆっくり話そうね」

私の心を見透かしたように、大ちゃんは優しく微笑んだ。

大ちゃんが好きだ、と思う。

会っている時も、会っていない時も。

きっとこれからも、どんどん好きになっていく。

連絡をすると、由貴と植木くんはすぐに来た。

学生フリータイムが終わっても解散するにはまだ時間が早かったから、とりあえずゲーセンへ行くことになった。大ちゃんと植木くんがコンビニに寄りたいと言ったから、一旦別れて由貴とふたりで先にゲーセンへ向かう。

遊びながら待っていても、大ちゃんと植木くんはなかなか戻ってこなかった。出入口はひとつしかないから見逃すわけがないし、由貴が植木くんにメッセージを送っても返ってこない。

外に出てみると、室内でジャカジャカと流れていた音楽が途切れた代わりに、べつの騒音が耳に届いた。

「なんかうるさくない？　喧嘩《けんか》かな」

ほんとだね、と由貴に返す。

決して平穏《へいおん》ではないこの町で、喧嘩なんて珍しいことじゃない。いつもならただ巻き込まれたくないな、と思うくらいだ。だけど今日はなぜか妙《みょう》に嫌な予感がした。由貴も同じなのか、ふたりで顔を見合わせてから音のする方へ急いだ。

歩き進めるにつれて、徐々《じょじょ》に音がはっきりしてくる。予想通り喧嘩らしく、怒声に混ざってなにかがぶつかっているような、崩《くず》れるような騒音が響き渡っていた。大ちゃんと植木くんが寄ると言ったコンビニのすぐ近くだった。

すでに野次馬《やじうま》が集まっていて、止めようとする人やおそらく警察に通報している人、喧嘩を煽《あお》る人もいる。珍しくない光景なのに嫌な予感が止まらない私は、人だかりをかきわけて前へ急ぐ。

中心にいたのは――。

「大ちゃんっ」

大ちゃんは口の端と頬に血を滲ませていた。なによりも驚いたのは、相手の首を絞《し》めて、とても冷たい目をしていたことだった。

首を絞められている男の人の顔は、青を通りこして白くなっている。

「大ちゃん!!」

とっさに叫んで大ちゃんの腕を引っ張った。

大ちゃんは我に返ったのか、冷たい目のまま私を見て「菜摘」と呟いた。

「菜摘！ 逃《に》げなきゃやばいよ！」

由貴が叫ぶと同時に、パトカーのサイレンが聞こえてきた。

喧嘩の原因なんて知らない。ただ巻き込まれただけかもしれない。だけど明らかに大ちゃんよりも相手の方が重傷だし、この状況《じょうきょう》だと真っ先に補導されるのは間違いなく大ちゃんだ。

焦った私は、より強く大ちゃんの腕を引っ張った。

「大ちゃん、逃げよう！ 早く！」

由貴や植木くんや、野次馬も次々と逃げていく。警察に見つかる前にと、人混みに紛れて全速力で駆けた。

ひとまず近くにある四階建ての立体駐車場に逃げ込んだ。下の階にいたら警察に見つかってしまいそうで気が気じゃなかった私は、エレベーターを使って屋上へ向かった。深緑色のフェンスに背中を預ける。

力なくコンクリートに座り込んだ大ちゃんは、ただぼんやりと灰色の空を見上げていた。

「大ちゃん、なんであんな……相手の人、死んじゃうかと思った……」

大ちゃんは私を一瞥《いちべつ》してすぐに目を逸らした。

「怒ってる……よね」

「……怒ってないから、謝らなくていいよ」

嘘じゃなかった。私は今、哀しいだけだ。

ひどく冷たい目をした大ちゃんを見たことが、とても哀しかった。

「大丈夫？　痛い？」

血が滲んでいる頬に向けて伸ばした手を止めて、大ちゃんに触れることのないまま膝に置いた。

痛そうだし――自分から触れることを、なぜかためらってしまった。

「大丈夫だよ」

「そっか。……落ち着いた？」

「うん」

小さく微笑んだ大ちゃんに、ほんの少し安心する。

だけど決していつも通りではなくて、無理に笑おうとしていることは一目瞭然で、とても笑い返す気になれなかった。

「せっかく遊んでたのにごめんね、巻き込んじゃって」

「それはいいんだけど……」

いや、よくはないのだけど。

なんて言えばいいのかがわからない。

「よくするの？　喧嘩」

窺うように問うと、大ちゃんは「たまに」と呟いた。

「なんで喧嘩なんか……」

「わかんない。なんとなく。売られたから買ったってだけ」

なんとなくっていう表情や口ぶりじゃない気がするのは、気のせいだろうか。

「ねえ、すごい余計な口出ししていい？」

「ん？」

「喧嘩なんかやめなよ。そんなことしたってさ、なんにもならないじゃん」

わかっている。こんなの余計なお世話でしかないし、私が口出しする権利なんてない。だけど、たとえうざがられたっていい。喧嘩なんてしてほしくない。心配でたまらない。――あの冷たい目も、あまり見たくない。

どんな反応をされるかとひやひやしていた私に返ってきたのは、いくつか予想していたものとは違っていた。

「嫌いになった？」

それ、返事になってないよ。

やっと目を合わせてくれた大ちゃんは、私の頭にこつんと頭を重ねた。

ずるい人だな、と思った。

このまま時間が止まればいいのに、とも、思った。

「なってないよ。だからさ、……やめなね」

「よかった」

さっきよりは自然に微笑んでくれたのに、それでも私は笑い返せなかった。

至近距離で見た大ちゃんの目は、冷たいというより昏《くら》かった。光を灯していなくて、色がなくて、喜怒哀楽のどれなのかわからない。さっきカラオケで家の話をした時の目と似ているような気がした。

どうしてだろう。

こんな大ちゃんを見るのはすごく哀しいのに。

吸い込まれてしまいそうな色のない瞳を、綺麗だと思った。

警察が撤収していることを確認してから立体駐車場を出る。スマホを見ると由貴からメッセージが来ていた。由貴と植木くんも無事に逃げきったものの、まだ警察がうろついていて危険だから、今日はもう解散しようという内容だった。

楽しく仕切り直せるような気分じゃない私は了承の返事をして、大ちゃんに「帰ろっか」と言った。

「送ってく」

「いいよ。怪我してるんだから、今日は真っ直ぐ帰ってゆっくり休みなよ」

「ここらへんおまえひとりじゃ危ないだろ。いろんな奴《やつ》らがうろついてる時間帯だし」

ついさっき派手に暴れて相手半殺しにしてたの誰？

「うん。ありがと」

突っ込まずにお礼を言って、歩き出した大ちゃんを追った。

心配してくれたことが、まだ一緒にいられることが、嬉しかった。

カラオケの前にある自転車置き場には、当たり前だけど大ちゃんの自転車はなかった。私との待ち合わせ場所までタクシーで来たのだ。送ってくとか危ないだろとかかっこいいことを言ったくせに、そのことをすっかり忘れていたらしい（私も忘れてたけど）。

「どうするの？」

「二ケツすりゃいいじゃん」

「そうだけど。どこまで送ってくれるの？　公園？」

「家まで」

「え、いいよ、遠いもん。帰りどうするの？　バス間に合わないよ」

「いいから。とりあえず送る。俺は男、菜摘は女」

大ちゃんに腕を引かれて荷台に乗った。

私のこと、女として見てくれてるんだ。

「お言葉に甘えます。ありがとう」

「素直でよろしい」

大ちゃんがペダルを踏んで、自転車が発進する。

若干の気まずさを隠しきれないままぎこちない口調で話しているうちに、徐々にふたりともいつもの調子を取り戻していった。公園を過ぎる頃には、さっきの出来事《できごと》は夢だったんじゃないかと思ってしまうくらい、大ちゃんは普通だった。

「帰り、チャリ貸してあげようか？」

「いいよ。来週から修学旅行だし、返すの遅くなっちゃうから。通学困るだろ」

大ちゃんは、私のことをどう思っているのだろう。

「そうなんだ。お土産よろしくね」

好きだよって言ったら、なんて言う？

「は？　買わねぇよ」

俺もだよって言ってくれる？

「ひどっ。まあ楽しんでね」

それとも、あっさり振られるのだろうか。

「ありがと。べつに楽しみじゃないけどね」

「なんで？」

「まあ、いろいろ」

「なにそれ」

一歩踏み出せない理由は、なんとなくわかっていた。

大ちゃんがあまり自分のことを話してくれないからだ。訊けばそれなりに答えてくれるものの、無意識なのかわざとなのか、どこかはぐらかすような、話すことをためらうような口ぶりになる時がある。分厚い壁を作られているみたいで、それ以上は踏み込めなくなってしまう。

これだけ話をしても——いや、話をすればするほど、私はそう気付かざるを得なかった。

「ねえ、大ちゃん」

「ん?」

大ちゃんの背中に額を当てる。

男らしい、広い背中。甘い香り。心臓は落ち着いていた。

「ごめん。しつこいけど……もう喧嘩しないでね」

「したら嫌いになる?」

住宅街の、車がぎりぎりすれ違えるくらいの細い道をしばらく走ると私の家が見えた。

もうすぐ着いてしまう。

お別れの時間が、来てしまう。

「なっちゃうかも」

嫌いになんてなれるわけがない。

もうそれくらい好きになってしまった。

「じゃあ、やめなきゃね」

大ちゃんのことはよくわからない。ただ、漠然《ばくぜん》と感じていた。

もしかしたら、とても弱くて寂しい人なのかもしれない、と。

どうしてそう感じるのかは言葉にできないけれど、なんとなく、そんな気がした。

「菜摘、ちゃんと見張ってて。約束ね」

見張っていられるくらいそばにいたい。

もっともっと近付きたい。

「……うん。約束ね」

大ちゃんが私に、ちょっとだけ、ほんのちょっとだけ、好意を持ってくれているような気がするのは自惚れだろうか。

大丈夫。焦ることはない。

私たちは始まったばかりなのだから、時間はまだたっぷりあるはずだ。もっとたくさん話して、ゆっくりとお互いのことを知っていけばいい。そして、少しずつでいいから、私のことを好きになってほしい。

いつかそういう日が来てくれることを願っていた。

――そういう日が来ると、思っていた。

一週間後に大ちゃんから【ただいま】とメッセージが来た時、私はちょうどテスト期間中で会うことができず、テストが終わったらすぐに会う約束をした。

そして迎えた最終日の夜、大ちゃんに早く会いたい一心ですぐに連絡をした。

【テスト終わったよ。いつ遊べる？】

返事はすぐに来た。

もしかして私からの連絡を待ってくれていたのだろうか。私に会うことを楽しみにしてくれていたのだろうか。――やっぱり、ほんの少しでも、私に好意を抱いてくれているのだろうか。

それがただの自惚れでしかないと思い知ったのは、メッセージを開いた瞬間だった。

【ごめん、しばらく遊べないかも】

画面に表示された文章を見て、心臓がざわついた。

「……え？」

いくら見たって文章が変化するわけがないのに、硬直したまま一点を見つめ続けた。

どうして急に、と考えているうちに、ひとつの答えが浮かんだ。しばらく遊べなくなる理由なんて他にいくらでもあるのに、ほぼ確信していた。

だって、ものすごく嫌な予感がする。

【大ちゃん、もしかして彼女できたの？】

【よくわかったね。うん、できた】

──やっぱり。

出会ってからの数少ない思い出も、これから積み上げていくと思っていた未来も、ガラガラと音を立てて崩れた。

【そうなんだ。いつの間にできたの？】

【修学旅行中に電話で告られて。でも、なんか複雑な関係だよ】

真っ白になっていた頭の中が、徐々にハテナで埋め尽くされていく。

複雑な関係ってなに？　ねえ、私は？　私のことはなんとも思ってなかったの？　だったらどうして思わせぶりなことばっかり言うの？　どうして抱きしめたりするの？

修学旅行明けに連絡を取った時は、そんなこと言っていなかったのに。もっと早く言ってくれたら、テストが終われば会えるなんて、当たり前に会えるなんて、期待せずに済んだのに。こんなに傷つかなくて済んだかもしれないのに。

どうしてこのタイミングで言うの。

【そっか。じゃあもう会えない？】

【わかんないけど、あんまり会えなくなるかも。嫉妬深いみたいだから】

お土産くれるって、テストが終わったら遊ぼうって、全部大ちゃんが言ったんじゃん。嘘つき。

いくら仲よくなったって、中学生なんか相手にされるわけがなかったのかな。ひとりで浮かれていただけだったのかな。

鼻の奥がつんと痛んで、視界が歪んだ。

込み上げてくるものをぐっと呑み込んで、大ちゃんとの通話画面を表示した。直接言いたかったけれど、もう会えないのなら今言うしかない。きっと困らせてしまうだろう。わかっていても、どうしても今言いたかった。ちゃんと伝えたかった。

呼び出し音が鳴る。比例《ひれい》して、私の鼓動も速まっていく。

『もしもし？　どうした？』

どくん、と心臓が跳ねた。

「急にごめんね。えっと、……言いたいことあって」

『え、なに？』

「あのね、急にこんなこと言ったらびっくりさせちゃうかもしれないんだけど」

『うん？』

「……私、大ちゃんのこと好きだよ」

あんなにためらっていた言葉を、こうもあっさり言えるなんて。

こんなことならもっと早く言えばよかった。どうしてもっと、もっと早く言わなかったんだろう。

でも――ふたりにはまだ時間があると思っていたのに。

大ちゃんからの返事がなかなかこない。重い沈黙《ちんもく》が苦しい。数分、いや、ほんの数秒だったかもしれない。それでも今の私には、とにかく長く感じた。

『――なんで』

少しでも雑音があればかき消されてしまいそうなくらい小さな声だった。

だけど、はっきりと聞こえた。

なんで、って？　どういう意味？

「大ちゃん？」

『ああ、ごめん。……ちょっと、びっくりしちゃって。菜摘が俺のこと好きなんて気付かなかったから……』

私の気持ち、気付いてなかったんだ。けっこうサインは出していた……というより、きっと全然隠せていなかったのに。大ちゃんって鈍感《どんかん》なんだろうか。それとも、まったく相手にされていなかったのだろうか。

「一応返事してよ。きっぱり振られたいじゃん」

強がりだけは一人前《いちにんまえ》だな、と我ながら思う。

大ちゃんは、私のことをなんとも思っていなかった。私に好意が、なんて、私の巨大な勘違いでしかなかった。それを大ちゃんの口から聞かされたら、今以上に傷つくくせに。どうしようもなく怖いくせに。
——本当はまだ心のどこかで期待しているくせに。
『好きって言ってくれてありがと。……でも彼女いるから、ごめんね』
予想通りの返事を告げられた。
そう、予想通りだった。聞きたい言葉とは全然違う答え。
心の奥底にあったかすかな期待も願い全部、一瞬にして消え去ってしまった。
「うん。わかったよ。私こそ急にごめんね」
彼女がいなかったら、私がほしい言葉をくれたのだろうか。
卑怯《ひきょう》な大ちゃん。きっぱり振られたい、って言ったのに。
『ごめんね。じゃあ……またね』
私たちには〝また〟があるのだろうか。
「うん。……またね」
私はずるい人間だ。
電話をかける時、確かに思っていた。今ならまだ間に合うんじゃないか、と。
電話を切る直前に浮かんだのは、自分でも驚くほど見苦しい感情だった。
——彼女のこと、本当に好きなの？
私は最低だ。本当は私に気持ちがあるんじゃないか、私が好きだと言えば彼女と別れてくれるんじゃないか、なんて。

「……振られちゃった」

彼女ができる前に、思うがままにすべてを伝えていたら、なにかが変わったのだろうか。

嘘だよって言ってほしい。彼女なんていないよ、菜摘が好きだよって——言ってほしかった。

第二章　さみしいひと

君と出会って　少しずつ距離が縮まって　どんどん好きになって
だけど好きになればなるほど
想像していた未来とは違っていったね

私はとても子供で
だけど　きっと　ほんの少しだけ　大人になろうとしていたんだ
そんな私にとって　君はとても大人で　輝《かがや》いて見えて
君といたら　変われると思ったんだ

◇◇◇

十一月中旬にもなると、すっかり冬の匂いがする。

大ちゃんに振られた日から、一度も会うことのないまま一か月が過ぎようとしていた。

「そういえば、山岸とはどうなったの？」

昼休みに勉強していると、伊織が唐突に言った。

虚を突かれて、シャーペンを持つ手が止まる。

「あー……振られたよ。彼女できたってさ」

視界に映っている文字がぐわりと歪んだ。

ああ、私、振られたんだ。もう会えないんだ。

自分で言ったのに、改めて現実を突き付けられる。

「は……？　なにそれ。ただのチャラ男だったってこと？」

「どうだろ。もういいんだよ。しょうがないもん」

少しでも私と同じ気持ちでいてくれているんじゃないか、と思っていたのは勘違いだった。自惚れでしかなかった。大ちゃんは他の人と付き合った。それが事実なのだから、しょうがないとしか言いようがない。

伊織の言う通りただのチャラ男だったのかもしれない。あまりそうは思いたくないけれど、なんとも思っていない子を抱きしめたりは普通しない。それに私は、そんな人じゃないと言い切れるほど大ちゃんのことを知らないのだ。

「じゃあ志望校変えんの？」

神出鬼没の隆志が、後ろから私のノートを覗き込んだ。

「盗み聞きばっかりしないでよ」

「いいじゃん。まさかまた私立行くとか言わないよな？」

もう願書は提出したけれど、滑り止めに私立も受けるから、今からでも変えようと思えば変えられる。でも。

「言わないよ。頑張るって言ったでしょ」

行くと決めたのだ。伊織だって自分の勉強時間を削ってまで協力してくれているのに、失恋したくらいで無駄にしたくない。

「そっか。安心した」

隆志はにっと悪戯っぽく笑って、男の子たちの輪へ戻っていった。

数日後、由貴から誘われて植木くんの家へ遊びに行くことになった。

あの日、植木くんとは結局ほとんど話さなかった。小・中と一緒だったわけだから、きっと今まで数えきれないほど顔を合わせてきたはずなのに、未だにほとんど初対面の感覚なのだ。そんな人の家に行くのは憚られたけれど、由貴の『気晴らししようよ』というひと言に後押しされて承諾した。

毎日毎日大嫌いな勉強ばかりでかなりストレスも溜まっているし、……失恋の傷はまだ癒えていなくて、もやもやしてばかりだ。

由貴も南高を受験すると決めて、最近は勉強をしていると聞いていた。私以上に勉強が苦手だから、きっとものすごく頑張っているのだろう。一日くらい全部忘れて、とにかく楽しむのもいいかもしれないと思った。

すぐに由貴と合流して、白い息を吐きながら自転車をこぐ。

大ちゃんと出会った頃とは比べ物にならないほど寒さが増していた。だけどあの頃もけっこう寒かったな、と考えているうちに、まだ出会って二か月しか経っていないのだと気付いた。

二か月といっても今日までの一か月間は会えていないわけだから、大ちゃんと過ごせたのは一か月間だ。しかも、会ったのはたったの四回。なのに、もっとずっと前から知っていたような、ずっと前から好きだったような気がするのは、こんなにも好きになってしまったのは、どうしてだろう。

植木くんの家は、私の家から自転車で五分程度の距離だった。さすが小・中と同じ学区だ。驚くほど近所。由貴に続いて植木くんの部屋に入ると、テレビの明かりしかついていない八畳《じょう》ほどの暗い部屋に男の人が六人座っていた。

「おー、やっと来た」

「植木くん、久しぶりー」

由貴と植木くんは私の想像以上に仲がいいらしく、さっそく会話を弾ませていた。

隅っこに体育座りしてふたりを観察していると、突然私の隣に金髪の男の人が来た。

「ナツミちゃん、だよね？」

一重《ひとえ》の丸い目を細らせて、あぐらをかいた。

どうして名前を知っているんだろう。私は自己紹介なんかしていないし、植木くんから事前に聞いていたのだろうか。

「あ……うん。菜摘です」

「そんな緊張しなくていいよ。俺、松井駿《まついしゅん》ね。適当に呼んで！」

気さくな人でよかった。それから駿くんは私も輪に入れるよう積極的に話を振ってくれた。おかげで緊張がほぐれていき、他の人たちとも打ち解けることができた。

「そういえば、みんな南高？」

「そうだよ」

「仲いいんだね。私こないだ体験入学行ったよ」

言ってから、ふと思った。

特に意識していなかったけれど、植木くんは大ちゃんと仲がいいわけで、その植木くんと仲がいい駿くんたちも大ちゃんと仲がいいのかもしれない。

「じゃあ大ちゃ……山岸さんとも仲いいの？」

「仲いいよ。俺らみんな同じクラスだし。今日は来なかったけど」

「ほんと!?」

訊いてみてよかった。

駿くんは小学校からの幼なじみで、おまけに部活まで一緒らしい。おかげで大ちゃんがバスケ部だという情報もゲットできた。私も元バスケ部だから、小さな共通点が嬉しい。

チャンスだ、と思った。

この一か月間ずっと〝彼女〟が引っかかっていて、どうしても誘えなかった。連絡をすることさえ控えていた。ふたりで会うことは叶わなくとも、みんなでなら遊んでくれるかもしれない。

たとえ友達としてでもいい。また会える可能性があるなら、もうなんだっていい。

大ちゃんに会いたい。

「じゃあみんなで遊びたい！　来週とか！」

「おーいいね！　山岸はいい奴だよ」

駿くんはあっさり了承してくれて、大ちゃんのアポまで取ってくれた。一週間後に、私、由貴、大ちゃん、植木くん、駿くんの五人で、植木くんの家に集合することになった。

植木くんや駿くんは大ちゃんの彼女と知り合いらしく、少しだけ話を聞いた。

歳は大ちゃんと同じで、名前は〝マリエ〟さん。市内でトップクラスの偏差値を誇る進学校に通っているらしい。

外見や性格までは聞かなかった。訊けなかった。

同い年で、頭がいい。大ちゃんはそういう人がタイプだとわかったのだから、もう充分だった。そんなの私のことを好きになってもらえないのは当然だ。もしも外見や性格までパーフェクトだったら、この場で泣いてしまいそうだった。

会ったことも、見たことすらもないマリエさんの姿を想像して、勝手に嫉妬した。


人生で一番長く感じた一週間が過ぎ、待ちに待った、大ちゃんと一か月ぶりに再会する日を迎えた。二十一時に植木くんを除く四人で待ち合わせをした。どうせならみんなで行こうと駿くんが提案したのだ。

駿くんが決めた待ち合わせ場所は、大ちゃんと再会したゲーセンだった。私は遠回りなんてもんじゃないくらい植木くんの家の方が断然《だんぜん》近いからそれはそれは億劫だったけれど、待ち合わせに参加した。

少しでも早く、大ちゃんに会いたかった。

少しでも長く、大ちゃんと一緒にいたかった。

由貴とふたりで待っていると、しばらくして背の高いふたつの人影《ひとかげ》が見えた。

「あ、いたいた」

駿くんが私たちを指さした。隣にいる大ちゃんは、私を見て「久しぶり」と口角を上げた。どこか気まずそうに見えるのは、大ちゃんが一か月前のことを気にしているからなのか、単に私自身が気にしているからなのか。

いつもは私が自転車で大ちゃんが徒歩なのに、今日は逆だった。

「チャリなんて珍しいね」

「植木んち遠いもん。てか、乗りなよ。寒いから早く行こ」

大きな手で私の腕を引いた。

厚着《あつぎ》なのに、触れられた感触《かんしょく》がしっかりと残る。触れられた部分が熱い。

「……うん」

私は大ちゃんの、由貴は駿くんの自転車の荷台に座って、植木くんの家へ出発した。

告白してから初めて会ったというのに、私たちは一切そのことに触れなかった。まるで昨日まで普通に遊んでいた友達みたいに、なんでもない話をして笑い合っていた。

すぐ目の前に、もう見ることができないと思っていた大ちゃんの背中がある。

ぐっと込み上げてきたものをごまかすように、大ちゃんの紺色《こんいろ》のマフラーをくいっと引っ張った。

「山岸さん」

「なにが山岸さんだよ」

「ちゃんと駿くんについてってる？」

大ちゃんの背中で前は見えないものの、由貴と駿くんの話し声が遠ざかっている。

赤信号に引っかかると完全に聞こえなくなった。駿くんは横断歩道の先で止まることなく行ってしまったらしい。

「駿速すぎ。すげえ張り切ってんじゃん」

「大ちゃんがとろいんじゃん」

「俺はマイペースなんだよ。俺とふたりっきりになんの嫌？」

マイペースというか、なんというか。

大ちゃんが急に振り向くから、心臓が跳ねた。

「……嫌じゃないです」

「だろー？　素直でよろしい」

大ちゃんは出会った日みたいに、無邪気に笑って私の頭をくしゃくしゃと撫でた。

嫌なわけがない。冗談でも嫌なんて言えない。だって、ずっとこのままがいいと思っている。時間が止まってくれたらと、本気で願っている。

ずっとふたりでいられたらいいのに――。

「ねえ。彼女、いいの？」

大ちゃんのアポが取れたと聞いた時、駿くんは私と由貴もいることを言っていないのかと心配していた。彼女は嫉妬深いからあまり遊べなくなるかも、と告白した日に言われていたからだ。だけど大ちゃんは驚いた様子がない。ちゃんと事前に知っていたのだろう。

それでも来てくれて、こうして普通に接してくれている。

だから、もしかしたら、彼女と別れたんじゃ——。

もしかしたら、もしかしたらと思った。

「いいんだよ。今日は菜摘と楽しむ」

私の気持ちなんて知らずに、大ちゃんは平然と答えた。

菜摘と、と言ってくれたことが嬉しかった。

だけど、別れたよ、と返ってこなかったことがショックだった。

友達としてでも会えるならいいなんて、どうしてそんなこと思えたんだろう。友達なんて無理だった。ひと目見ただけで、やっぱり大好きだと確信してしまった。一か月も会っていなかったのに、ちっとも〝好き〟が小さくなることはなかった。

「そういや菜摘、髪黒くしたんだね」

黒くしてから一回会いましたけど。

どんだけ私に興味ないの。ていうか、どんだけ私にダメージ与えたら気が済むの。

たったのふた言で私のHPはほぼゼロになってしまった。

「……受験生だからね」

「うちの高校来るんだよね？」

「うん。勉強頑張ってるよ」

「いい子じゃん」

大ちゃんの紺色のマフラーが、ふわふわと風に揺れる。

「頑張って受かれよ。待ってるから」

ほぼゼロになったHPが一瞬で回復する。どうして私はこうも大ちゃんの言動に一喜一憂させられてしまうのだろう。

「うん。絶対に受かるよ」

頑張るに決まっている。大ちゃんに彼女ができてからは、今まで以上に頑張っていた。もう気軽に連絡を取ったりできない。誘うことはもっとできない。もう会えないかもしれない。だけど同じ高校にさえ行けば、会うチャンスはいくらでもある。

そう、思い返してみれば私はそんなことばかり考えていた。

本当は最初から諦めるつもりなんてなかったんだ、と今さら気付いた。

植木くんの部屋に入ると、大ちゃんが床にあぐらをかいたから、私もその隣に座った。

ベッドは先に着いていた由貴と駿くんが占領《せんりょう》しているし、植木くんの部屋ははっきり言って汚いから他に座る場所がない。おかげで自然と隣に座れたわけだから、床に散らばっている服やら漫画やらなんやらに感謝せねば。

話したりゲームをしたり、ゲームに飽きたら映画を観たり、なんやかんやしながら楽しい時間はあっという間に過ぎていく。

「俺ちょっと寝るわ」

夜が更《ふ》けてきた頃、植木くんが床に寝転んだ。積んである漫画を枕に、散らばっている服を布団代わりにしている。まさかの活用方法に驚きつつ眠りに落ちていく姿を見届け、それからしばらくすると由貴と駿くんも「眠い」と言って寝てしまった。

いつもなら私も眠くなる時間帯だけれど、隣に大ちゃんがいるのだから眠れるはずがない。

突如訪れたふたりきりの時間に、思わずそわそわしてしまう。いろいろなもののやり場に困った私は、とりあえずお茶を飲むことにしてみた。

キャップを開けて口に運ぼうとした時、横から大ちゃんの手が伸びてきて、私の手からペットボトルが離れていった。大ちゃんは私から強奪したお茶を二、三口飲んでから私の手に戻した。

ちょっとやめてほしい。心臓が破裂してしまう。

「みんな寝ちゃったね」

「ね。私まだ眠くないなあ」

「俺も。じゃあ散歩でもする？」

散歩？　それってふたりで？

そんなの行かないわけがない。

「うん！　行く！」

さっそく立ち上がってアウターを羽織る。部屋から出ようとした時、なぜか大ちゃんは真顔で私の頭を撫でた。

この身長差がちょっと嫌だ。なんか兄妹《きょうだい》みたい。

「行かないの？」

「なんかおまえ、すげえ素直だよね」

「可愛い？」

「は？　馬鹿か」

馬鹿なんて言いながら、そんなに優しい顔して笑わないでほしい。

みんなを起こさないよう、なるべく音を立てずにこっそり外に出た。十一月下旬の深夜は、まだ雪が積もっていないとはいえ空気がキンと冷えきっている。

「さみーっ！」

「そう？　私あんまり寒くないんだけど」

「は？　おまえおかしいって」

「大ちゃん薄着だからじゃん」

厚手のニットにコートにマフラーという完全武装の私に対して、大ちゃんはマフラーにパーカーのみだ。

「このパーカーの下、Tシャツ」

「馬鹿なの？」

「うるせえよ」

軽口を叩き合って、ふたりで笑った。

「どこ行くの？」

「だから散歩」

「だから、どこ行くの？」

「適当にぶらぶら歩くのが散歩だろ」

そうなのか。まあべつに目的地なんかなくても、大ちゃんと一緒にいられるなら、ただ歩いているだけで充分なのだけど。

納得《なっとく》してついていくと、ふいに私の右手と大ちゃんの左手が触れた。たまたま当たっただけじゃないとわかったのは、手を握《にぎ》られた瞬間だった。驚いて顔を上げれば、私をひどく動揺させている張本人は涼しい顔で前を向いていた。

この人はいったいなにを考えているのだろう。私のことを振ったくせに、彼女がいるくせに、どういうつもりでこんな──期待させるようなことをするのだろう。

──ただのチャラ男だったってこと？

わからない。伊織の言う通りただのチャラ男なのだと割り切れてしまえば多少は楽になるかもしれないのに、どうしても、そういう人じゃないと信じたい自分がいる。

そんなの、単なる私の願望でしかないのに。

今わかることは、この手を振り払うのが正解だということだけ。

だって、大ちゃんには……。

「彼女いるのに、他の女と手なんか繋いじゃっていいの？」

「散歩って手繋ぐもんじゃん」

繋いだ手を私に見せるように上げて、にっこりと微笑んだ。

そうなのか、手を繋ぐものなのか。

……いや、そんなわけがない。カップルならそうかもしれないけれど、私は彼女でもなんでもない。

「やっぱり大ちゃんはチャラ男だ」

「ちげえって。誰とでも繋ぐわけじゃないし」

なにそれ。どういう意味？　私は特別なの？──なんて自惚れでしかないこと、もう思いたくないのに。大ちゃんは、ずるい。

それでも私は、この手を振り払うことができない。

だって私は、結局嬉しかった。大ちゃんがなにを考えていようと、どんな意味だろうと、一緒にいられる〝今〟が、手を繋いでいる〝今〟が、ただただ幸せだった。

大ちゃんが好きで好きで、この手をどうしても離したくなかった。

「実はね、初めてなんだよね……」

「ん？　なにが？」

「手……繋いだの……」

こういう暴露ってけっこう恥ずかしい。

「は？　嘘だろ？　彼氏いたのに？」

「ほんとです……」

大ちゃんが大げさに騒ぐから、血液が急上昇してもはや顔から血が噴き出そうだった。自分でもおかしいと思う。カップルがするようなことはひと通り経験があるのに、手を繋いだことがないなんて。

「あー……そっか。なんかごめんね」

大ちゃんの手の感触が消えていく。

とっさに右手にぎゅっと力を込めた。

「ううん、大丈夫」

迷うような素振りを見せた大ちゃんに「もう繋いじゃってるし」と言うと、「そっか」と言って微笑んだ。離れかけた手が元に戻る。

今度は指を絡《から》めて、しっかりと握った。

大ちゃん、手が冷たい。

「俺も初めてだよ」

「なにが？」

「大ちゃんって呼ばれるの、初めて」

少し、ほんの少しだけれど、大ちゃんが照れているように見えた。

「ほんと？」

「うん。みんな普通に山岸か大輔って呼び捨てだもん」

どんなに小さなことでも、お互いの〝初めて〟を共有できたことが嬉しい。

「まあ、だからさ、これからも大ちゃんって呼んでね。山岸さんは禁止」

さっき山岸さんと呼んだことを気にしていたのだろうか。ただなんとなく呼んだだけなのに。

薄々気付いていたけれど、大ちゃんはちょっとツンデレ気味なところがある。

嫌だなあ、と思う。ツンデレなんか全然好きじゃないのに。

どうして大ちゃんだと、全部が可愛いと思えてしまうのだろう。

「……ふ」

「なに笑ってんだよ」

「ううん。わかった。もう山岸さんって呼ばない」

「素直でよろしい」

またこんな風に笑い合える日が来るとは思わなかった。

告白をした日から、何度も何度も最後に会った日のことを思い返していた。弱くて綺麗な、色のない瞳を見たあの時、なにか言うべきだったんじゃないか、と。いくら考えても、答えは見つからなかったのだけど。

今目の前で笑っている大ちゃんとあの日の大ちゃんは、まるで別人みたいだ。どっちが本当の大ちゃんなんだろう。いつも笑っているこの人の笑顔は、本当の笑顔なんだろうか。

ふと、そんなことを思った。

翌日、起きたのはお昼過ぎだった。帰る準備をして植木くんの家を出る。由貴と駿くんはひと足先に帰ったから（由貴が気を利かせてくれたのかもしれない）、途中まで大ちゃんとふたりきりだ。

私は徒歩だから、大ちゃんも自転車を押しながら歩いてくれた。

いつの間に降ったのか、うっすらと雪が積もっていた。

「菜摘、乗る？」

「ううん。今日は歩きたい気分」

「なんだそれ。昨日あんなに歩いたじゃん」

少しでも長く一緒にいたいんだよ。

ふたりで歩ける距離は二百メートル程度しかない。次の分かれ道に着いてしまえば、お互いの家は逆方向だ。たったの数分でも、ほんのわずかな時間も大切にしたい。次はいつ会えるかわからないのだから。

大ちゃんの、ふいに見せる優しい笑顔が大好きで、笑ってほしくて、頭を撫でてほしくて、名前を呼んでほしくて、たくさん、たくさん喋った。精いっぱい、明るく振る舞《ま》った。

「おまえほんとよく喋るな」

「大ちゃんだってよく喋るよ」

自分のことは、あまり話してくれないけれど。

「うるさいならもう黙る」

「褒めてるんだけど。全然飽きない」

「ほんとにそう思ってくれてる？」

「ほんとだよ。疑うなよ」

だったら、ずっと一緒にいてよ。私のこと、好きになってよ。

この願いは叶わないのかな。

二百メートルなんてあっという間だ。大ちゃんが隣にいるから余計に短く感じる。

まだ明るいし、私の家は近いし、今日は送ってもらわずにひとりで帰ることにした。

「じゃあ、気を付けて帰れよ」

優しく微笑んで、私の頭を撫でた。

この仕草がたまらなく好き。大ちゃんのおかげで、ずっとコンプレックスだった低い身長も好きになれた。

「うん。大ちゃんも気を付けてね」

離れたくなくて、寂しくて、目頭《めがしら》が熱くなる。

上を向いて必死に堪えた。意地でも強がりでもなく、ただ、大ちゃんに笑ってほしかった。大ちゃんといる時は、できるだけ笑い合っていたかった。大ちゃんの中の私は、いつも笑っていてほしかった。

「じゃあ、またね」

大ちゃんの口癖。

なんの意味も込めていないかもしれないけれど、言われるたびに笑顔になれる。

〝また会えるよ〟と言ってくれている気がするから、そのたったひと言がたまらなく大好きだった。

「ねえ、大ちゃん」

「ん？」

これからも会えるの？　それとも今日だけ？　今日が終わったら、また会えなくなるの？

「ううん、なんでもない。またね」

また会いたいよ。ずっとずっと、会っていたいよ。

離れたくない。離したくない。

一緒にいたい。そばにいたい。

隣にいたいよ。いさせてよ……。

手を振り、遠くなっていく大ちゃんの背中を見送ってからひとり家路を歩いた。

寒いな。手がかじかむ。

大ちゃんが隣にいる時は、あんなに、あんなに、温かかったのに。

十二月に入ると、町はあっという間に真っ白に染まった。地獄としか思えないテストラッシュも終わり、あとはイベントが盛りだくさんの冬休みを待つのみ。

スマホがけたたましく音を立てたのは、そんな冬休み直前の深夜だった。

『菜摘、すぐ来れる⁉』

電話に出るや否や由貴が叫んだ。今の今まで熟睡していた私も、緊迫した様子にただ事じゃないと察して目が覚めた。

「由貴、どうしたの？」

『さっき植木くんたちと偶然会って話してたんだけど、なんか変な人たちに絡まれちゃって……ねえ、菜摘来れない⁉　由貴どうしていいかわかんない……っ』

由貴は泣いているようだった。

私が行ったところでどうにかできるわけじゃないとわかっていても、由貴を放っておけるはずがない。電話をしながら急いで外へ出る準備を始めた。

「場所どこ？」

『植木くんちの近くの公園に隠れてる。由貴たちだけ逃がしてくれて……』

よかった、すぐに行ける。「わかった」と言いかけると、由貴が続けた。

『ごめんね、巻き込んで……でも、山岸くんが止まんないの！　なんかもう、菜摘呼ばなきゃと思って……っ』

「え？　大ちゃんもいるの？　止まらないって……」

また嫌な予感がした。あの冷たい目が、顔面蒼白《がんめんそうはく》になっている相手の首を絞め続けていた大ちゃんが脳裏をよぎった。

「すぐ行くから待ってて！」

急いで家を出て、無我夢中で雪道を走り続けた。

公園に着くと、どこかに隠れている由貴を見つけるより先に、十人ほどの男たちが目に入った。胸ぐらを掴んで殴って、蹴って。その中には植木くんや駿くん、前に植木くんの部屋で会った人たち、そして大ちゃんがいた。

「大ちゃん！」

迷わず男の群れに飛び込み、ひとりを殴り続けている大ちゃんの腕にしがみついた。

「菜摘……？　なんでいんの？」

突然現れた私に、大ちゃんは目を見張って手を止めた。

「ねえ、なにやってんの!?　警察呼んだから！」

私の力じゃ喧嘩を止めることは到底《とうてい》無理だと思い、とっさに嘘をついた。男たちは
「まじかよ」と一目散に逃げていく。植木くんたちも私がいることに驚きながら、慌てて走り去っていった。

公園に残ったのは、警察なんて来ないことを知っている私と、私に腕を掴まれている大ちゃんだけ。

「嘘ついちゃった。通報する余裕なんかなかったし」

乾いた笑いをこぼした。全然可笑しくなんてないのに。

どうしたらいいかわからなくて、笑わないと立っていられなかった。

「菜摘、なんで――」

「帰るね」

なんでいるの、と続いただろう言葉を遮り、大ちゃんから手を離して歩き出した。

自分から大ちゃんに背中を向けたのなんか初めてだった。

だって、もうしないって約束したのに。嘘つき。

「菜摘、待てって！」

公園の出入り口に差しかかった時、後ろから強く腕を引かれて足を止めた。

どうして追いかけてくるの。

ほっといてよ。嘘ついたくせに。約束破ったくせに。

「……菜摘、こっち向いてよ」

振り向きたくない。顔なんて見たくない、見せたくない。

お願いだからそんな声を出さないでほしい。

「菜摘……」

名前、呼ばないでよ。

もう一度、今度は弱々しく腕を引かれた。それでも俯いたまま振り向かない私の腕を離さずに、横からそっと顔を覗き込んだ。

「なに泣いてんだよ」

涙を堪えることなんかできなかった。

今日ばかりは追いかけてこないでほしかった。

「泣いてるとこ、初めて見た」

見られたくなかった。

「泣かないで。お願いだから……」

私だって泣きたくなんかない。

「大ちゃん、嘘つきじゃん」

「……ごめん」

「謝るならなんであんなことするの！」

絡まれたならしょうがないねって、怪我しなくてよかったって、そんな風に言う余裕なんてなかった。

「約束したじゃん。もうしないって、ごめんねって言ったじゃん。嘘つき……」

言葉では責めていても、怒っているわけじゃなかった。私はただ哀しいのだ。

前回も今日も、喧嘩している大ちゃんを見た時に違和感があった。前はわからなかった違和感の正体に、さっき気付いてしまった。

　大ちゃんは、反撃されてもまるで自分のことを守ろうとしていなかった。殴られる時、普通は反射的によけようとしたり防御したりする。けれど大ちゃんは、そのどちらかをする素振りがなかった。まるで暴力を受け入れているみたいだった。

　大切な人が自分を守ろうとしない。そんな哀しいことがあるだろうか。

「嫌いになった？」

　大ちゃんはずるい。

「お願いだから……」

　その先を言わないでほしい。

　聞いてしまったら、私はきっと拒めない。許すしかなくなってしまう。

「嫌いにならないで」

　大ちゃんは、ずるい。

　涙が止まらない。

「俺……菜摘にだけは嫌われたくない」

　小さく鳴ったその声は、静かに降る雪にさえも負けてしまいそうだった。

「信じられるのは、菜摘だけだから」

　なんてずるい人なんだろう。

　なんで、こんなに好きなんだろう。

「大ちゃんは……ずるいよ」

追いかけてこなければ、その台詞を聞かなければ、嫌いになれたのだろうか。

なれるわけないんだ、絶対に。

腕をぐっと引かれて、私は抵抗《ていこう》することなく身を委ねた。大ちゃんは少し震えていた。

なんて寂しい人なんだろう。また、そう思った。

どうしてかはわからないのに、ただただ大ちゃんを寂しいと感じる。

やっぱり私はおかしいのだろうか。

こんな大ちゃんを見るたびに、綺麗だと思う。

「菜摘は俺のこと信じてくれる？」

「あと一回だけね」

「また約束破ったら？」

「そんなの知らないよ」

「今度こそ嫌いになる？」

いっそのこと、嫌いになれたら楽なのに。

「なれないよ。だからやめてね」

ゆっくりと体が離れ、顔を見合わせた。

大ちゃんはいつもの優しい笑顔じゃなく、ほっとしたように眉を下げていた。

きっと、何度嘘をつかれても、私は君を信じ続けてしまう。

そのたびに、私は君を、もっともっと好きになる。

＊

大ちゃんに振られてから、私は伊織と隆志に大ちゃんとのことを話していなかった。

彼女ができたあとに会ったことも、また連絡を取り合うようになったことも、なにも。

手を繋いだことなんて絶対に言えなかった。

自分のことも大ちゃんのことも、悪く言われるのが嫌だった。そしてなにより、自分の恋を否定されて怒られるのが嫌だった。

ふたりがなにも訊いてこないのが救いだった。私が諦めたと思っているのかもしれないし、単に気を遣《つか》ってくれているのかもしれない。あれだけ騒いでいたのに突然なにも言わなくなれば、訊きにくくなるのは当然だろう。

冬休みに入り、年が明ける少し前。

勉強をしている時、スマホの画面に大ちゃんからのメッセージが表示された。

出会ってから三か月。連絡なんて何度も取っているのに、さすがにもう名前も見慣れたはずなのに、やっぱりまだドキッとする。

【修学旅行のお土産忘れてたんだよ！　ほしい？】

修学旅行って、二か月も前だ。お土産の話なんてすっかり忘れていた。

【腐《くさ》ってないならほしい】

【食べ物じゃないから。まあ楽しみにしてろよ】

今頃きっとにやにやしてるんだろうな。そんな姿が目に浮かぶ。

かくいう私も、思いきりにやにやしていた。

【わかったよ。楽しみにしてるね】

お土産の内容よりも大ちゃんに会えるのが嬉しくて、何度もそのやり取りを読み返した。

会う約束をしたのは翌日。大ちゃんは十五時まで部活があるらしく、終わったあとに公園で待ち合わせることになった。張り切りすぎて早めに着いてしまった私は、屋根のついたベンチに座って待つことにした。

今日はいつも以上に緊張していた。最初からふたりで会う約束をしたのは初めてなのだ。

ぱらぱらと降る雪をぼんやりと眺めながら待っていると、小走りで向かってくる大ちゃんの姿が見えた。昨日の夜からずっと落ち着かない心臓がさらに騒ぐ。

「お待たせ。ごめん、寒かった？」

「ううん、大丈夫」

「けど、ほっぺ真っ赤だよ」

大ちゃんが私の隣に座ると、瞬時に全神経が右半身に集中した。

癖なのか故意なのか、この人は基本的に物理的な距離が近いのだ。

「どれくらい待ってた？」

「十分くらいだと思う」

「まじか。ごめんね」

大ちゃんの冷たい手が、私の頬を包んだ。

私より大ちゃんの方がずっと寒そうだ。久しぶりの学ラン姿には、私服の時も巻いていた紺色のマフラーと、カーディガンが足されているだけ。寒がりなのに、絶対にコートは着ないという謎のポリシーでも持っているのだろうか。

大ちゃんの髪についている雪を払う。大ちゃんは「ありがと」と微笑んで、マフラーを私の首に巻いた。そんなことしなくたって、触れられた瞬間に寒さなんか吹き飛んでいるのに。

大ちゃんは、マフラーの内側に隠れた私の髪を両手で外に出した。

「菜摘、髪伸ばさないの？」

「え？　なんで急に？」

毛先をつまんでみると、肩に当たる程度の長さだった。最近切ったばかりだ。

「なんとなく。髪ストレートで綺麗だし、長い方が似合いそうだなと思って」

もしかして、髪の長い子が好きなのだろうか。そういえば大ちゃんの好みをちゃんと聞いたことがない。ちっちゃい子が好き、というのは脳内の大ちゃんメモにがっつり記したけれど。

「じゃあ、伸ばしてみよっかな」

――長くなったら、私を見てくれる？

なんて言えるはずもなく、どこか複雑な心地になってしまった私は話題を変える。

「ねえ、お土産は？」

「あ、そうそう！」

待ってましたとばかりに鞄の中を漁る。スマホやらジャージやらを取り出してベンチに放り、ほぼ空っぽになった鞄の底から「あった！」となにかを取り出した。

「ほら！」

にこにこしながら自信満々に差し出されたのは、お世辞にも可愛いとは言いがたい、もはやウケ狙《ねら》いとしか思えない、はっきり言ってブッサイクな猫のキーホルダーだった。

期待していただけに、激しく反応に困る。

「大ちゃん……これ……ウケ狙いだよね……？」

「え、可愛くない？」

真顔で言われて驚愕した。

本気で可愛いと思っているのだろうか。ちょっと、いや、だいぶセンスを疑ってしまう。ていうかどこで買ったんだろう。大ちゃんの修学旅行先は、たしか夢の国だったはずなのに。

「これしか……なかったの……？」

いくつかメジャーなキャラクターの名前を出していくと、「メジャーだからだめ」と言われた。ちょっと意味がわからない。それにこれはマイナーなんてレベルじゃない。見たことがないし、どこかのご当地キャラだろうか。

私が絶句していると、大ちゃんは「可愛くないかな」とぶつぶつ言いながらキーホルダーをまじまじと見た。

そんな大ちゃんを見て、つい噴き出してしまった。

「冗談だよ、ありがと。大切にするね」

可愛いと思ってしまったのだ。困った顔の大ちゃんも、そんな大ちゃんが選んでくれた猫も。千歩くらい譲ればブサ可愛いと言えなくもない……と思う。たぶん。頑張ればなんとか。

それに、私のために選んでくれたんだとか、選んでいる時だけは私のことで頭がいっぱいだったのかなとか、そう考えたら嬉しい。結局、大ちゃんがくれる物ならなんだってかまわないという結論に至った。

私は大ちゃんにとことん弱い。

「このあとどうする?」

出した物を鞄にしまった大ちゃんに問うと、答えるよりも先にスマホで時間を確認した。

「もしかして、なんか用事あるの?」

「あー……うん。今日は彼女と会うんだよね。……ごめん」

真っ白な世界が、グレーに染まった。

「そう……なんだ。……じゃあマフラー返すよ。いつもつけてるんでしょ? 今日すごい寒いし、変に思われるかもよ」

どうして今日、彼女と会うの。

どうして彼女と会うのに、私と会う日を今日にしたの。

どうして、謝るの。

「いいよ、菜摘の方が寒そうだし」

マフラーを外そうとした私の手を大ちゃんが掴む。

「……じゃあ、今度返すね」

どうしてこんなに傷ついているんだろう。彼女を優先するのは当たり前なのに。大ちゃんは私に気持ちがないことなんて、とっくにわかっていたはずなのに。

初めてふたりで会う約束をして、浮かれすぎていた。私にとっては特別な日でも、大ちゃんにとってはお土産を渡すために空いていた時間を利用しただけ。私が勝手に、夜まで一緒にいられると勘違いしていただけ。

だけど。

――本当に彼女いるの？

つい訊いてしまいそうになるくらい、大ちゃんは彼女の話をしなかった。とても彼女がいるような態度じゃなかった。初めて大ちゃんの口から出た〝彼女〟という言葉は、思っていたよりもずっとずっと重かった。

「うん、素直でよろしい。でもあげるよ、それ」

「……ありがとう」

そんなに優しく微笑まないでほしい。

優しい手で、髪に触れないでほしい。

大ちゃんは知らないのだ。涙を堪えるのが、どんなに大変なのか。

「じゃあ……またね」

不安に押しつぶされそうで、大ちゃんの口癖を真似してしまった。

「わざわざ来てくれたのにごめんね。帰り気を付けてね」

立ち上がって私の頭を軽く撫でると、大ちゃんは手を振り、背中を向けて歩いていった。またね、とは言ってくれなかった。たったひと言がなかっただけなのに、どうしようもなく不安になる。

もう、会えないのだろうか。

誰もいない静まり返った公園で、ぱらぱらと降る雪を見上げた。

たった今までここにいた大ちゃんの存在を噛み締めるように、紺色のマフラーをぎゅっと握り締めながら。


年が明けてお正月番組にもだいぶ飽きてきた頃、深夜に大ちゃんからのメッセージが届いた。爆睡していたはずなのに、その名前を見るだけで瞬時に覚醒してしまう。

【起きてる？　あのさ、カラオケ行きたくない？】

寝てましたけど。

時間を確認すると三時を過ぎていた。非常識だなあと思いながらも指先はすでに動いている。

【ずいぶん急だね。行ってきなよ】

一緒に行こうと言いたいのは山々だけれど、私からは誘わない。誘えない。

大ちゃんの口から聞いた〃彼女〃の破壊力は半端じゃなくて、絶大なダメージを受けた心は一週間が経っても修復しきれていなかった。

【菜摘、久々に行かない？　明日空いてる？】

まさかこんなにあっさり誘われるとは。

会いたいに決まっていた。大ちゃんとは初詣《はつもうで》で会ったけれど、お互い友達といたから少し話して別れたきりだ。明日と言わず今すぐにでも会いたい。

だけど、その前に言わなければいけないことがある。

【彼女は】

そこまで打つと、指が止まった。文章の続きは頭に浮かんでいるのに、文字に起こすことができなかった。

別れていないと言われたら、私は断れるのだろうか。そんなのだめだよって、彼女のこと大切にしなよって言えるのだろうか。

無理だ。言えるわけがないし、言いたくもない。

誘えないのは嘘じゃない。自分じゃ誘えないから、大ちゃんに誘ってほしかった。

そうか、と思った。告白できなかったのも同じ理由だったのかもしれない。

付き合えるか振られるか、あの頃の私は五分五分だと思っていた。自分から言うのが怖くて、大ちゃんが言ってくれるのを待っていたのだ。

馬鹿みたいだ、私。勘違いばかりして恥ずかしい。

【うん、行きたい。明日行こっか】

いくら考えても無駄だと悟り、本心だけ打って送信した。

私は結局、会いたいという欲求に負けてしまうのだから。

十五時に公園で待ち合わせて、歩いてカラオケに向かう。注文したコーラとアイスココアが届いた時、さっそく大ちゃんが私をどん底に突き落とした。

「あのさ、さっき思ったんだけど……これって浮気になんのかな」

やっぱり別れていないんだ。

治りかけていた心の傷がまた深手を負ってしまった。

「……なるかもね。彼女に隠れて他の女とふたりで会うなんて、一般的には浮気なんじゃない」

どの口が言うんだろう。

別れていないことなんて、なんとなくわかっていたくせに。だから『彼女はいいの？』

と最後まで打つことができなかった。別れていないと知ってしまったら、誘いを断らなければいけなくなると思った。

だから、なにも知らないふりをして会うことを選んだ。

「あー……そっか。菜摘は？　彼氏できた？」

意味がわからない。

どうしてそんなこと訊くの。私が好きなのは大ちゃんだけだよ。気付いてないの？告白してから日は経っていても、私は相変わらず気持ちを隠せていないと思う。諦めるどころか、どんどん大きくなっていくばかりなのだから。

それとも、わざと？

「なんで？」

「いや、なんとなく」

「いないよ。できないし」

「そっか」

ひどく渇いている喉にアイスココアを流し込んだ。

本当に気付いていないならいい。だけどわかった上でこんなことを言うのなら、俺のことは諦めろと、他の男を見つけろということだ。私だってそれがわからないほど馬鹿じゃない。

「……大ちゃん」

だったら、やることはひとつだけ。ごまかされるくらいなら気持ちを伝えればいい。

ちゃんと言葉にして、もう一度——。

「あの……」

「わっ」

言いかけたところで、大ちゃんが小さく跳ねた。目線を追えば、テーブルの上に置いてあるスマホの画面にはメッセージが浮かんでいる。真理恵《まりえ》、という名前が視界に入った。

マリエ。耳馴染みはないけれど、聞き覚えがある。わりと最近聞いた気がする。

しばし記憶をたどって、思い出した。

「もしかして……彼女？」

大ちゃんが頷いた。

嘘でしょ？　このタイミングで？　それやばいんじゃ……。

「なんて来たの？」

ここで〝彼女〟が出てくるとは思いもしなくて、告白する決意なんか消え去ってしまった。恐る恐るふたりで内容を見る。

【ふざけんな。今すぐ電話して】

完璧《かんぺき》にばれている。

大ちゃんが返さずにいると、またスマホが鳴った。

【一緒にいる女の連絡先教えて。名前は？】

どうやら私は呼び出されるらしい。

進学校に通っていると聞いたから勝手に清楚系の美人を想像していたのに、その文面から清楚感はまるで感じなかった。むしろちょっとヤンキー寄りな気が……。

いったいどんな人なんだろう。謎すぎる。

「すげぇキレてんじゃん。どうしよ」

「連絡先と名前、教えていいよ。ばれちゃったもんはしょうがないし」

頭を抱えている大ちゃんを横目に、私はすでに落ち着きを取り戻していた。

ひとつの願望が芽生えてしまったのだ。これを機に喧嘩になって、別れてくれたらいいのに、と。

大ちゃんから離れてくれるのなら、呼び出されて怒られたり殴られたりするくらいささやかな代償だと思った。

「いや、だめだろ。誘ったのは俺だし、菜摘がなんか言われんのはだめ。とりあえず今日は帰ろ？　ごめんね」

「大丈夫だよ。浮気だとか偉そうに言っちゃったけど……彼女いること知ってて遊んだ私も悪いんだから、大ちゃんだけ怒られるのもだめだよ」

本心だった。それ以上に、こんな状況になっても、まだ一緒にいたかった。

彼女と別れるかもしれない。だけど、別れないかもしれない。もし後者になったら、また会えない日々が続くかもしれない。最悪の場合、今度こそ会えなくなってしまうかもしれない。

「菜摘はいいから。菜摘のことは絶対に言わない。俺は大丈夫だよ。ね？」

優しく微笑むから、なにも言えなくなる。

「……うん。わかった」

俯くと、大ちゃんは私の頭にぽんと手を乗せた。

いつも安心させてくれる大きな手は、私を不安にさせた。

まただ。嫌な予感がする。

「送ってやれないけど、気を付けて帰れよ。またね」

もう会えなくなる気がする。そんなの嫌だ。絶対に嫌。

行かないで。行かないで。

「……うん。またね」

〝またね〟

それだけが救いだった。そのたったひと言にすがりつくしかなかった。

また会えると、信じるしかなかった。

数日が過ぎても、大ちゃんからの連絡はなかった。

悩みに悩んで、メッセージを送った。

【彼女とどうなったの？】

連絡がない時点で、私の願った通りにはならなかったのだとわかっていた。なのに、まだ『別れた』と返ってくることを願っている自分がいた。だけど、何日経っても、いくら待っても、返信はなかった。

罰が当たったんだと思った。

誘われたからといって会ってはいけないことくらいわかっていた。断らなければいけないことくらいわかっていた。諦めなければいけないことくらい、とっくにわかっていた。

初めて手を繋いだ時、『嫌いにならないで』と言われた時、『信じられるのは菜摘だけ』と抱き締められた時、私はただ嬉しかった。彼女に対しての罪悪感なんてこれっぽっちもなかった。それどころか、彼女と別れてくれることばかり願っていた。奪《うば》えるものなら奪ってやりたい。そんなことばかり考えていた。

だから、これはきっと罰なんだ。

うだうだ考えていないで、彼女ができる前に——初めて大ちゃんの弱さを見た日に、大好きだよってちゃんと言えばよかった。そうしたら、なにかが変わっていたかもしれないのに。

私の片想いは、音信不通《おんしんふつう》という最悪な形で終わりを告げてしまった。

第三章　うそだらけ

自分に言い訳ばかりして　目の前の現実から逃げようと必死だった
上手に嘘をつけるほど　器用じゃなくて
自分に嘘をついて平気なほど　大人でもなくて
前に進みたかった　逃げたかった

私はまだまだ子供で
どんどん自分を苦しめていることに気付けなかった
自分を守ることで精いっぱいだった
人を傷つけて　自分も傷つけて
それでも　必死に頑張っていた
そう　頑張ってたんだ

◇◇◇

大ちゃんと音信不通になってすぐに合格発表があり、私と伊織、そして隆志も第一志望に合格した。猛勉強した甲斐《かい》があったと素直に嬉しかったし、やっと受験勉強から解放されることに心の底からほっとした。

先週届いたばかりの制服に袖を通す。中学はセーラー服だったから、ブレザーはすごく新鮮だ。可愛いと人気のチェックのプリーツスカートを何度か折って、スカートと同じ柄のネクタイを緩く結んだ。

「今日から高校生か」

本当に受かったんだ。大ちゃんと同じ高校に。

手放しで喜べない状況になってしまっていることは、かなり複雑ではある。入学する頃には関係性が変わっていたらいいな、なんて淡い期待を抱いていたのに、期待とは正反対の結果になってしまっているのだ。

大ちゃんと最後に会ってから、三か月が過ぎていた。

長い長い三か月の間、たくさんたくさん考えた。大ちゃんはもう私に会いたくないかもしれない。私が不合格になっていることを願っているかもしれない。かもしれないもなにも、連絡が取れなくなったのだからそう考えるのが自然だ。

滑り止めに受けていた私立も合格したから、私立に入学する選択肢もあった。そうしたらもう二度と会わないかもしれないし、諦められるかもしれない。忘れられるかもしれない。こんな苦しい気持ちから解放されるかもしれない。

だけど、それよりもずっと、大ちゃんに会いたい気持ちの方が大きかった。

だから私は、やっと手にした〝同じ高校〟という切符に賭けるしかなかった。

専門科を受験していた由貴と同じクラスになり、由貴の友達の理緒《りお》と麻衣子《まいこ》を紹介された。三人とも私より背が高くて細くて、つい最近まで中学生だったとは思えないほど大人っぽくて、なにより可愛い。

次の日からはその四人で行動するようになった。

「菜摘、山岸くんに会った？」

入学して一週間ほど経った日の放課後、帰る準備をしていると由貴が言った。

念願の同じ高校にいるというのに、私はまだ大ちゃんに会えていなかった。捜してすらいない。会いたいに決まっているけれど、拒絶されたらどうしようという怖さが邪魔をして、会いに行く勇気がなかったのだ。

「ヤマギシくんって？」

首をひねった理緒と麻衣子に「私の好きな人だよ」と答える。

「えー！　好きな人いるんだ！　タメ？」

「うん、三年」

「そっかあ。うまくいくといいね！」

お決まりの会話に、苦笑いを浮かべる。

「んー……でもその人、彼女いるから。ただの片想いだよ」

「そっかあ……。でも理緒、見てみたい！　今から捜してみようよ！　何部？」

「えっ？」

今からはさすがに急すぎる。

だけど、ありがたい提案でもあった。どっちにしろひとりで会いに行く勇気なんてないのだ。もし冷たい態度を取られても、みんなと一緒なら多少はダメージが浅く済むかもしれない。

「バスケ部だよ」

「バスケ部って部室近かったよね？　行こう！」

四人で校内を探索する。部室は本当に近かったからすぐに見つかった。中を覗くと、部員らしき人が何人かいるものの、大ちゃんは見当たらない。

「菜摘、どう？　いる？」

「ううん、いない……」

残念のようなほっとしたような。

しょんぼりしながら踵《きびす》を返そうとした時、

「菜摘？」

後ろから名前を呼ばれた。

声の主はすぐにわかった。忘れるわけがない。忘れた日なんてなかった。

無意識に胸に手を添《そ》えて、ゆっくりと振り返る。

「久しぶりじゃん！　おまえちゃっかり受かったんだ」

冷たくされたらどうしようという私の心配をよそに、大ちゃんは嬉しそうに笑った。まるで何事もなかったかのように、三か月間の空白を忘れているみたいに、大ちゃんの態度は変わっていなかった。

「うん……久しぶり。なんとか受かったよ」

「そっかあ。おめでと」

出会った日と同じように、くしゃくしゃと頭を撫でられた。久しぶりの感覚が嬉しくて、拒絶されなかったことに安心して、泣きそうになった。

「そういや俺さ、前のスマホ壊れて変えたんだよ。データも消えちゃったから、また交換しよ」

スマホを向けられて、私も慌ててポケットからスマホを出して、連絡先を交換した。

返信がなかったのはスマホが壊れたせいなのだろうか。彼女にばれたことは関係なくて、たまたまタイミングが重なっただけなのだろうか。つい自分にとって都合のいいようにばかり解釈してしまう。

「俺これから部活だし、夜にでも連絡ちょうだい。またね、菜摘」

部室に入っていく大ちゃんの背中を見送った。

その夜、いつ送ればいいか悩んで、無難に二十一時くらいに送ることにした。

【菜摘だよ。今日びっくりした】

【おせーよ！　俺もびっくりした】

大ちゃんはけっこう返信が早い。遅いなんて文句言うなら、自分から連絡してくれたらいいのに。

画面に〝大ちゃん〟と表示されただけなのに、泣きたくなるほど安心した。

【何時に送ればいいかわかんなかったから】

【べつに何時でもいいよ。前みたいによろしくね】

前みたいに――か。

どうしてこんなことを平気で送ってこられるんだろう。

私、連絡したのに。返ってこなくて死ぬほどショックだったのに。目の前が真っ暗になったのに。最後に会った日のことなんて、大ちゃんは気にしていないのだろうか。

もしかしたら覚えてすらいないのかもしれない。

大ちゃんはずるい。

私がこの三か月間どんな気持ちで過ごしていたか、どんな気持ちで南高に入学したか、わかる？

【よろしくね、先輩】

【うん。またね】

なにも言わない方がいい。大ちゃんはきっとはぐらかす。出会ってからの半年間で、大ちゃんがそういう人だということはわかっていた。

会えたら訊きたいことがたくさんあったのに、また大ちゃんが離れていってしまうのが怖い。嫌われていないなら、前みたいに戻れるなら、今はそれでいい。

追及《ついきゅう》する勇気なんて、私にはなかった。

放課後は理緒たちと四人でバスケ部の練習を見に行くのが日課になった。

バスケ部は理緒のお目当てである校内一のイケメンと名高い先輩を筆頭にイケメン揃いで有名らしく、ただの練習なのに観客は私たち以外にも大勢いて、キャーキャーと黄色い声援が飛び交っていた。

いつもちょっとぽけーっとしている大ちゃんが真剣にスポーツに励む姿はあまりにもかっこよくて、気絶してしまいそうなほどかっこよすぎて、もはや他の人たちが全員じゃがいもに見えた。

練習の休憩だったり空き時間になると、大ちゃんは必ず話しかけてくれた。私に手招きをして、体育館と本校舎を繋ぐ渡り廊下に連れていかれる。

「おまえどんだけ暇だよ」

笑いながら首にかけているタオルで汗を拭いて、スポーツ飲料をごくごくと喉に流した。こめかみから滴《したた》る汗にさんさんと輝く太陽が反射して、爽やかさを引き立てている。ハワイあたりで撮影した飲料水のＣＭみたい。

汗の匂いよりも甘い香りが私の鼻腔をくすぐる。香水なのか柔軟剤なのか、未だになんなのかは知らないけれど、私はこの香りが好きだった。

「もしかして、誰かに会いにでも来てんの？」

そんなの大ちゃんに決まってるじゃん——とは、言えない。

はっきりと聞いたわけではないものの、彼女とはまだ続いているようだった。だから告白したって、またあっさりと失恋することは間違いないだろう。今度こそもう話しかけてくれなくなるかもしれない。だったらなにも言わないまま一緒にいられる方が何倍も何十倍もましだった。

今はただ見ているだけでいい。大ちゃんといつでも会える距離にいられるのだから。一か月前までのことを考えたら、それだけで充分幸せだ。せっかくこうして会えるようになったのに、また赤の他人みたいに戻るなんて絶対に嫌だ。

一度大ちゃんを失った経験をしてしまった私は、ひどく弱虫になっていた。

「べつに。由貴たちが……」

「ユキって？」

当然知っているはずの名前を出したのに、大ちゃんは誰それ？とでも言うように首をひねった。

「え、由貴だよ。さっきも私と一緒にいた子。ていうか、遊んだことあるじゃん」

身振り手振りを交えて由貴の特徴をいくつか出していく。

「ああ、そういえば見たことあるなーと思ってた。ユキって名前だっけ」

見たことあるのは当たり前だ。二回も一緒に遊んだのだから。

一回目はカラオケであまり話さなかったしすぐに解散したし名前まで覚えていないのも無理はないけれど、植木くんの家で遊んだ時は何時間も一緒にいて、普通に話していたはずだ。

「覚えてないの？　嘘でしょ？」

「だから、見たことあるって」

そうじゃなくて。

ちょっと信じられない。大人数で遊んだなら覚えていなくても無理はない。だけど一回目は四人、二回目は五人だった。決してその場にいた人を覚えられない状況じゃないと思う。

呆気に取られていると、後輩らしき男の子が大ちゃんを呼びに来た。休憩はもう終わりらしい。この信じられない現象をなんとか解析したいところなのに。

でも、そういえば。

どうして私のことはすぐに覚えてくれたんだろう。

「あいつかっこよくない？」

先に立ち上がった大ちゃんが、体育館に戻っていく後輩を指さして言った。

「え？　ああ、うん、そう？」

我ながらこの上なく空返事だった。衝撃と疑問が頭を占拠していて、彼の顔なんか見ていなかったのだ。

それに、大ちゃんのことを好きになってから他の人に興味を持ったことがない。

「惚れちゃった？」

「は？」

「ほんとはあいつのこと見に来てるとか？」

にやにやしながら言う大ちゃんにちょっとイライラする。

なんなんだろうこの人。なんで急にそんなこと言い出すんだろう。意味がわからない。本気で言っているのだろうか。

「惚れないから。馬鹿じゃないの」

いちいちムキになって、馬鹿なのは間違いなく私だ。

だけど悔しい。こんな風にからかうということは、私に興味がない証拠《しょうこ》だ。

そんなこと痛いくらいにわかっているはずなのに、また会えるようになっただけで幸せだと思っていたはずなのに、どうしようもなく悔しい。私はどこまでも往生際が悪くて欲張りだ。

「あー……ごめん、怒った？」

惚れたって言ったら、どんな顔をする？

喜ぶ？　それとも、少しでも、寂しがってくれる？

まだ大ちゃんが好きだよって言ったら、なんて言う？

「……帰るね」

俯いたまま、その場をあとにした。

結局こうなってしまう。私はずっと大ちゃんだけが好きなのに——なんて、そんなの私の一方的な想いで、大ちゃんは悪くない。わかっているのに、感情をコントロールできなかった。

次の日から、私は大ちゃんのところへ行かなくなった。理緒たちが行くと言っても、なにかしら理由をつけて逃げた。大ちゃんを避《さ》けるなんて自分でも信じられなかった。高校まで追いかけてきたくせに。

だって、どんな顔して会えばいいのかわからない。うまく話せる自信がない。うまく笑える自信がない。大ちゃんがなにを考えているのか、私にはわからない。訊く勇気だってない。

どうしたらいいのか、もうわからない。


大ちゃんを避けたままGWに入り、また学校が始まる。

昼休みに四人で学食へ向かった。学食はいつも人で溢れ返っていて、食堂も長蛇の列だ。なんとか席を確保して食べ終えた私たちは、すぐに教室へ戻るため出入口に向かった。

人がごった返しているというのに、その人影を見た瞬間、まるでレーダーでもついているみたいに全身が反応した。

「……大ちゃん」

入学してからたったの一か月で、大ちゃん捜しはもはや私の特技になっていた。避けているのに、見かけるたびに安心してしまう。そんな矛盾だらけの自分が嫌だ。

友達に囲まれて笑っている大ちゃんの姿から目を離せない。学食で会ったことはないから、まさかいると思わなかった。

密かにうろたえているうちに、私に気付いたらしい駿くんが大ちゃんに耳打ちをしてこっちを指さした。すると大ちゃんはみんなに手を振って、ひとりで私のところまで歩いてきた。

「久しぶり」

見つかっちゃった、と思った。

大ちゃんがわざわざ私のところまで来てくれた、とも思った。

「……うん。久しぶり」

観念《かんねん》して、無理に頬を上げた。

「菜摘って学食来るんだ」

「たまにね。大ちゃんは？」

「俺もたまに。偶然だね」

理緒たちが「先に戻ってるね」と気を利かせてくれたから、急にふたりきりになってしまった。気まずいのに、嬉しい。また矛盾だらけだ。

「……あのさ」

片手をポケットに入れて、もう片方の手でこめかみをかく。

大ちゃんは私に負けないくらい気まずそうに目を泳がせながら、口を開いた。

「こないださ、ごめんね」

こないだ、で思い当たるのはひとつだけ。私が大ちゃんを避け始めた理由。

「そんなこと気にしてたの？」

私にとってはまったくもって〝そんなこと〟じゃなかった。なのにそう言ったのは、嬉しかったからだ。

私を気にかけてくれていたことが、嬉しかった。

「謝るタイミング見つかんなくてさ。俺馬鹿みたいにしつこかったよね。ごめんね」

「怒ってないから謝らなくていいよ」

嬉しい。すごく嬉しい。でも。

再会してから、大ちゃんは音信不通になった時のことに一切触れてこない。だから私のことなんて気にしていなかったのだと思い知らされた。今回も何事もなかったみたいに接してくれたら、無神経だなって幻滅して、いい加減諦められるかもしれないのに。

どうして謝ったりするんだろう。どうして大ちゃんは、私が諦めようとするたびにこうしてまた引き寄せてくるんだろう。

「よかった。ありがと」

予鈴が鳴る。頭に乗った大ちゃんの手に、全身が反応する。

チャイムの音にも負けないくらい、心臓が大きく鳴る。

「じゃあ、またね」

ねえ、大ちゃんは――〝またね〟って、どんな気持ちで言ってるの？

教室に戻ると、理緒が一目散に駆けてきた。

「どうだった？　山岸さん」

「普通だったよ」

「ほんと!?　よかったあ」

私の手を取って満面の笑みを見せた。私が大ちゃんを避けていることに一早く気付いて一番心配してくれていたのは理緒だった。

喜んでくれるのは嬉しい。でも私はきっと、理緒の笑顔を崩してしまう。

「でね、久しぶりに話してみて、なんかわかったんだけど。私たぶん、もうそんなに大ちゃんのこと好きじゃないっぽい」

こんなの嘘。人生最大の嘘といってもいいほどだ。

「え……それ、本気で言ってる？」

「うん」

「中学の時から、ずっと好きだったんでしょ？」

「……うん」

「さっきも……山岸さんに会った時、菜摘、嬉しそうだったよ？　そんな簡単に……好きじゃなくなるもんなのかな」

でも、大ちゃんは振り向いてくれない。どんなに近付いても、私を好きになってくれない。この恋は叶わない。だったら、自分に嘘をついてでも、気持ちを押し殺してでも諦めるしかない。

期待して落ちて、また期待してどん底に落ちて、大ちゃんと出会ってからずっとその繰り返し。いい加減疲れてしまった。こんな苦しい恋はもう嫌だ。矛盾だらけでうじうじと悩んで立ち止まってばかりいる自分自身も嫌だ。大ちゃんを好きになってから、自分が自分じゃなくなっていくみたいで怖い。

大ちゃんといるのは楽しいから、友達になれるならなりたい。なにも考えずにただ笑い合える関係になれたらどんなにいいだろう。私が気持ちを押し殺しさえすれば、それが叶うかもしれないのだ。

今ならきっとまだ間に合う。そう思いたい。

「じゃあ菜摘、そろそろ彼氏ほしくない？」

由貴の意味深な笑みと意味不明な提案に、思わずきょとんとする。

「彼氏」

「そう、彼氏」

「彼氏……か」

――まともな恋愛しなさい。

久しぶりに隆志の口癖を思い出した。

そういえば、大ちゃんを好きになってから一度も言われていない。私はまともな恋愛ができていたのだろうか。少なくとも、隆志はそう思ってくれていたのだろうか。

「……いらないかも」

「え？　なんで？」

「そういうタイミングじゃない」

「なにそれ？」

大ちゃんのことを諦めるためには、違う誰かと恋をするのが一番いいのかもしれない。だけど無理に出会いを求めたり彼氏を作ったり、そんな荒療治みたいなことをすれば、また中途半端になって隆志に怒られてしまう。

私自身、前みたいに戻りたくない。

「いいじゃん。菜摘のこと紹介してほしいって人いるんだけど、どう？」

「軽い人ならお断りです」

「軽くないよー！　イケメンだし、いい人だよ？　ね、いいじゃーん」

由貴が甘えた声で言うから、ちょっと断りにくくなる。

「まあ、いっか」

「ほんと⁉　じゃあ菜摘の連絡先教えとくね！」

由貴は嬉しそうに笑った。

その日の夜、さっそく例の彼からメッセージが届いた。

【由貴に教えてもらったよ！　隣のクラスの亮介《りょうすけ》です！】

【菜摘です。隣のクラスなんだ。よろしくね】

なんで私のこと知ってんの？と思っていたけれど、隣のクラスなら知っていてもおかしくない。

【俺ら入学式の時に隣だったんだけど、覚えてない？　ちっちゃくて可愛いなって思ってたんだよね！】

ぼけっとしていたからまったく覚えてない。

ちっちゃいは余計だけど、たとえお世辞でも可愛いなんて言われたら嬉しい。

【ごめん、覚えてないや。でもありがとう】

何度かやり取りをしてその日は終わり、亮介との初対面は翌日の昼休みだった。

「菜摘だよね？」

教室で理緒と話している時に後ろから声をかけられて、振り向くと見覚えのない男の子が立っていた。

「え……ごめん、誰？」

「亮介だよ」

「ああ！　はじめまして」

色白の大ちゃんとは違い、少し日に焼けた健康的な肌色で、アッシュ系の髪を綺麗にセットした、背が高い男の子。制服を着崩しているものの だらしなくはなくて、お洒落さんって感じだ。

由貴の言う通り、確かにイケメンだった。

「飯食った？　ちょっと話さない？」

いいよと答えて教室を出た。亮介のあとをついていくと、屋上へ繋がる階段に着いた。屋上は立入禁止だからあまり人が通らない、穴場スポットなのだ。

「菜摘って彼氏いんの？」

並んで座るとすぐに亮介が切り出した。

積極的な人だなと思いつつ、昔の自分を見ているみたいでちょっと恥ずかしくなる。

「いないよ」

「まじかあ。よかった！」

なんかすごいストレートな人だな。

たわいもないお喋りは予鈴が鳴るまで続いた。

面白いし優しいし、由貴の言う通り、けっこういい人かもしれない。人懐っこくて話題が豊富《ほうふ》だから、自然と打ち解けることができた。よく笑うから、気付いたら私も笑っていた。ひと言で言えば癒やし系って感じだ。

　こういう人、嫌いじゃないな、と思った。

「じゃあ菜摘で決まりね！」

「ちょっと理緒、やだ！　絶対やだ！」

「もう決まっちゃったもん。しょうがないよ」

　入学してから初めての大イベント、体育祭。

トリを飾《かざ》るのはクラス対抗《たいこう》四百メートルリレー。大目玉であるその種目で、私はアンカーに大抜擢《だいばってき》されてしまった。

「絶対無理！　そんなに速くないし！」

「もう書いちゃったし、菜摘しかいないもん」

　理緒の手には『四百メートルリレー選手』と大きく書かれたプリントが握られている。アンカーの欄《らん》には、女の子らしく可愛い文字で『高山菜摘』と書かれていた。名前の隣には、ご丁寧に全然似ていない似顔絵まで。

「ほんとに嫌！　サボるよ！」

「しょうがないじゃん、他にいないんだから！　菜摘、頑張ってね！」

　大きすぎるプレッシャーは、由貴のたったひと言で片付けられた。名前を書いた紙も提出されてしまい、覚悟を決めるしかなかった。

他のクラスのリレー選手は、たぶん部活に入っている子ばかりだろう。うちのクラスの女子は体育会系の部に入っている子がいないから、運動部に所属していた経験があるという理由だけで、帰宅部の私が選出されてしまったのだ。

「麻衣子、代わってよ」

「やだよアンカーなんて」

運動神経がいい麻衣子も無理やり押しつけられた身だから、ちょっとイライラ気味らしい。

項垂れるように麻衣子の肩に頭を乗せて、ふたり同時に深い深いため息をついた。


「おまえなに騒いでたの？」

校内を放浪でもしようと休み時間に廊下へ出ると、憂鬱《ゆううつ》になっている私にはちょっと眩しすぎる笑顔で迎えられた。金曜日の三時間目は、大ちゃんが選択授業で私の向かいの教室に来る日なのだ。

大ちゃんは、なぜか赤いキャップをかぶっていた。

「珍しいね、それ」

キャップを指さすと、大ちゃんは目線を上げてバイザーをつまんだ。

横にかぶっているところが絶妙に可愛い。

「ずっと前に友達から借りパクしたやつ。変？」

「せ……」かい一かっこいいと言いかけて、「ううん。似合ってるよ」

「ありがと」

すると大ちゃんは、キャップを脱いでなぜか私の頭にかぶせた。メンズだからぶかぶかだ。

「あげる」

「え？　友達のじゃないの？」

「一年くらい俺が持ってたんだからもう俺のだよ」

ジャイアンか。

そんな理屈が通用するわけないし、ぶかぶかの赤いキャップなんて使い道がないし、ていうか私が泥棒みたいだ。

だけど私は、いらないと言えなかった。部屋の机の三段目の引き出しの中身が浮かんでしまったからだ。紺色のマフラーと千歩譲ってブサ可愛い猫のキーホルダーが入っている、これ以上増えることはないと思っていた、大ちゃんボックスが。

「……私にあげたって言わないでね」

「言わないよ。なくしたとか適当に言っとく」

それもどうなんだと思いつつ、泥棒になってしまった私はキャップをぎゅっと握り締めた。

「で、なんで騒いでたの？」

忘れかけていた憂鬱が舞い戻る。

「ああ、リレーのアンカーになっちゃってさ……」

「まじ？　すごいじゃん」

「全然すごくないよ……吐きそうだよ……」

「俺も出るよ。アンカーで」

「えっ？　ほんと？」

「植木と駿も出るし」

植木くんと駿くんはまあ納得できるとして、大ちゃんはめちゃくちゃ意外だ。部活を見に行っていたから運動神経がいいことは知っている。だけど人一倍面倒くさがりで目立ちたがらない大ちゃんが、リレーのアンカーを引き受けるなんて。

そんなに速いのかな。ちょっと、いや、めちゃめちゃ見たい。

さぞかしかっこいいだろうなあ……。

「だから頑張ろうね。一位になったらご褒美あげる」

そんなこと言われたら、頑張らないわけにはいかない。

「約束ね」

小指を差し出されると、つい小指を絡めてしまう。

「うん。頑張るね」

大ちゃんはすごい。一瞬で私を元気にさせる。

大ちゃんを見送って教室に戻ろうとした時、

「今の誰？　もしかして菜摘、あの人のこと好きなの？」

私を引き留めたのは亮介だった。急に腕を掴まれたから驚いてしまう。

いや、違う。『好きなの？』に反応してしまったのだ。

「……なんで？」

「なんとなく。顔が明るかったから。見たことなかったけどかっこいいね、あの人」

ちょっと……なんか嫌だ。こういうの。

「昔好きだった人だよ。今は友達」

私は大嘘つきだ。

もう好きじゃない宣言をして、諦める決心をしてから約一か月。私の目標はいまだ達成されていなかった。

「まじ？」

「ほんとだってば」

嘘をついたのは、亮介の気持ちに気付いているからだ。

初めて話した日から頻繁《ひんぱん》に連絡をくれるし、一日に一度は私の教室まで会いに来てくれる。大ちゃんのことがまだ好きなくせに、つかず離れずの曖昧な態度を取っている。そんなずるい私を知ってほしくなかった。

なのに、たとえ嘘でも、違うよ、とは言えなかった。

「よかった」

体育祭当日の朝、教室で配られたプログラムを見て発狂しそうだった。

普通リレーといえば、一年の女子から始まって三年の男子で終わるものだと思う。三年の男子から始まって一年の女子で終わりなんて、実行委員は全員馬鹿なのか。

イベントが大好きなうちの高校は、朝から大盛り上がりだった。

女子は体育祭だというのになぜか浴衣《ゆかた》を着ている人や、ハロウィンかと突っ込みたくなるようなコスプレをしている人がたくさんいる。男子も負けじとコスプレをしたり、上半身裸《はだか》でうろついている人もいた。とにかく、なにがなんでも今日という日を青春の一ページに強烈に刻んでやろうという意気込みはものすごく伝わる光景だった。

もはやきちんとクラスTシャツや指定のジャージを着ている人を探す方が困難なくらいだ。かくいう私たちも着ぐるみを着て髪を派手にセットしてやる気満々なのだけど。

そしてあっという間に次々と種目が終わっていき、いよいよ迎えた四百メートルリレー。手のひらに『人』を三回書いて飲む、なんて言うけれど、飲んだら吐きそうなくらい緊張していた。

三年生の男子はスタートラインに並んでいて、トップバッターの植木くんを見つけると同時にピストルの音がグラウンドに響き渡った。私にアンカーを押し付けたくせに薄情な理緒は見事にゲットした校内一のイケメンのところへ行ってしまったから、由貴と麻衣子と三人でリレーを眺める。

植木くんと駿くんももちろん速いけれど、私の目はすでに大ちゃんを捜し始めていた。

今日は雲ひとつない快晴《かいせい》で、まだ六月上旬なのに夏日らしい。選手たちはみんなTシャツを肩までまくって（なんなら脱いで）、ジャージだって膝までまくっている。なのに大ちゃんはひとりだけ露出ゼロで、友達と話しながら相変わらずにこにこしていた。

大ちゃんに緊張の色なんてない。いつだって余裕綽々《しゃくしゃく》なのだ。

大ちゃんにバトンが渡った時、十組中三位。頑張れ、と心の中で叫ぶ。走り出した時、アンカーを引き受けた理由も、余裕綽々な理由もすぐにわかった。

見惚れたとしか言いようがない。本気で走っているかもわからない感じなのに、あっさりとふたり抜かして見事一位でゴールした。選手たちがグラウンドに倒れ込む中、大ちゃんは立ったまま、やっぱりにこにこしていた。

ここまでくるともはや憎たらしい。いくらなんでもかっこよすぎる。他の人たちが全員ピーマンに見える。

これから走るのだからなるべく平静を保っていたいのに、私の心臓はもう走り終えたのかと錯覚するほど激しく脈打っていた。

続く二年生のリレーが終わり、一年生の男子がスタートすると、私たち一年女子の準備が始まる。ハチマキとタスキを手渡されて、アンカーのスタート地点で待ち構えていた。

トップバッターの麻衣子から始まり、私にバトンが回ってきた時、うちのクラスは三位。意外すぎる大健闘に絶大なプレッシャーを感じながらバトンを受け取った。

結果は、ひとりは抜いたものの、もうひとりはどうしても抜かせなくて二位。

めちゃくちゃ悔しかった。納得いかない。私はやるからには一位になりたくてジャージに着替《きが》えたくらい本気だったのに、一位の子は重たそうな着ぐるみのまま爆走していたのだ。着ぐるみでそんなに速いなんてずるい。

アンカーが出るはずの表彰式《ひょうしょうしき》を麻衣子に任せてグラウンドを去る。絶対に人前で泣かないと心に誓っている私は、誰もいない教室の隅っこで泣いた。

窓からグラウンドを覗いてみると、閉会式が始まろうとしていた。自分から逃げてきたくせに、なんだか取り残されたような心地になってしまう。教室にひとりって想像していたよりずっと寂しい。隅っこに体育座りなんかしちゃっている自分が、ちょっと惨《みじ》めに思えた。

また半ベソをかきながら、閉会式はサボろうと思った。

だって、頑張ったのに。頑張ろうねって、大ちゃんと約束したのに。

「やあーっと見っけた」

閉会式は始まったばかりだから、校内には誰もいないはず。

なのにどうしているの。本当にやめてほしい。

「おまえさ、なんで電話シカトしてんだよ。何回かけたと思ってんの？」

顔を上げずにスマホを確認すると、不在着信履歴の先頭に〝大ちゃん〟がいた。

「二回」

「あれ、そんだけ？　まあいいや」

また膝に顔を埋めると、隣にぬくもりを感じた。

外からは総合順位を発表する声が聞こえてきた。

「なに泣いてんの？　頑張ったんだから泣かなくていいんだよ」

泣いている時に優しい言葉をかけるのは、ある意味とどめだ。

余計に涙が止まらなくなる。

「菜摘は頑張ったよ。友達とリレーの練習してんの、俺ちょくちょく見かけたもん」

絶対に人前で泣かないって、心に誓っているのに。

大ちゃんの前で一度泣いてしまったから、もう二度と見られたくなかったのに。

「ちゃんとご褒美あげるよ。閉会式は特別に俺もサボってやるから、存分に泣きなさい」

大ちゃんのちょっと汗くさい、だけどほのかにいつもの甘い香りがするジャージを着せられた私は、お言葉に甘えて子供みたいにわんわん泣いた。

大ちゃんは手を握って、私が泣き止むまでずっと隣にいてくれた。

『準優勝、３Ｆ！』

外から「うおぉぉぉぉ！」とすさまじい雄叫びが聞こえる。

大いに盛り上がっていてなによりだ。

「準優勝だってさ。おめでと」

「優勝じゃねえのかよ。まあいいや」

本当に、あのリレーで大逆転優勝、なんてなったら、めちゃめちゃかっこよかったのにね。

私のクラスが呼ばれることはなかった。

悔しいけれど、もういいのだ。大ちゃんはちゃんとご褒美をくれたから。

汚い字で『数学☆山岸大輔』って書いてある、二ページしか使っていないのになぜかけっこう汚れているノート。

部屋の机の三段目の引き出しの中身が、またひとつ増えた。

＊

季節は春から夏へ切り替わろうとしていた。

十六歳の誕生日を迎えた日の夜、お風呂から上がると、スマホにメッセージと着信履歴が一件ずつ表示されていた。

メッセージは大ちゃんからだった。

【誕生日おめでと】

覚えていてくれたんだ――。

中学の頃、一度だけ大ちゃんと誕生日の話をしたことがある。だから私はもちろん大ちゃんの誕生日を大ちゃんメモにがっつり記しているけれど、大ちゃんは忘れているだろうと思っていたのに、わざわざメッセージをくれるなんて。

やばい、嬉しい。ものすごく、嬉しい。

ありがとうと返信してから不在着信を見ると、亮介からだった。ベッドに寝転がってかけ直そうとした時、タイミングよく亮介から電話が来た。

「はーい」

『ごめん、寝てた？』

「ううん、お風呂入ってた。どうしたの？」

時刻は二十三時を過ぎている。こんな遅い時間に電話をくれるのは珍しい。

『あの……さ……』

「うん、なに？」

『あの……』

亮介はなにやらもごもごしていた。どうしたんだろう……と思ったけれど。

今日は私の誕生日で、こんな時間に電話をくれて、なかなか話を切り出さない。この状況を冷静に考えて、すぐに用件を察してしまった私は自意識過剰《かじょう》だろうか。

『俺と付き合ってほしいんですけど……』

告白、されちゃった。言い訳ができないくらい、はっきりとそう思った。

『俺、入学式の時に可愛いなって思って。そんで由貴に紹介してもらって仲よくなれて、まじ嬉しいんだよ。菜摘が好きだよ』

嬉しい、という気持ちはある。亮介と話している時は純粋《じゅんすい》に楽しいし癒やされる。

だけど、もう少し待ってほしかった。

亮介に聞こえないよう、ふう、と息を吐いた。

「ごめん。私ね、亮介のことどう思ってるのか、よくわからないんだ。前に言った、好きだった人のことも、ほんとは、まだ好き……だと思う」

卑怯な言い方をしている、という自覚はあった。

どう思っているのかわからない。好きだった。好きだと思う。

どこからそんな嘘が湧いてくるんだろう。ちっとも諦められてないくせに。亮介の告白より、大ちゃんの『誕生日おめでとう』の方が、ずっとずっと嬉しいくせに。

『それでもいいよ』

亮介が言った言葉に、私は驚かなかった。

『わかんないってことは、これから好きになるかもしれないってことじゃん？　それでいいよ。どうしても好きになれなかったら……振ってくれていいから』

私はいつからこんなに計算高くなったのだろう。亮介がそう言ってくれるのを望んでいた。亮介なら、そう言ってくれるんじゃないかと思った。

だからあんな、中途半端で卑怯な言い回しをしたのだ。

「……うん、わかった。付き合おっか」

『まじで!? ありがとう、すっげえ嬉しい！　菜摘の誕生日に告ろうって、ずっと前から決めてたんだ』

ひどく痛む胸に手を当てて、亮介に届くはずのない笑顔を浮かべた。

「ありがとう、亮介」

大ちゃんへの想いは、報われない。

私たちの距離は、出会った頃からずっと変わらない。これから変わるとも思えない。どんなに手を伸ばしても届かない。届きそうだと思った途端に壁を作られて、いとも簡単に離れていってしまう。追いかけても追いかけても、決して振り向いてくれない。わかっているのに、どうしても諦められない。自然と他の誰かを好きになる日が来るなんて思えない。だったら無理をしてでも、たとえ荒療治でも、他の恋をするしかない。

そんなあまりにも身勝手な事情で、私は亮介の気持ちに応えた。

だけど——亮介なら、きっと好きになれると思ったんだ。

夏休み目前のその日、校内は体育祭以上に朝から大騒ぎだった。

年に一度の学校祭。うちの高校はもともと校則が緩いせいもあってか、イベントの時の盛り上がり方が半端じゃない。私たちも浴衣を派手に着こなして、四人ではしゃいでいた。

朝一でクラス対抗歌合戦があり、私は麻衣子と一緒に出場した。見に来ていたらしい駿くんと植木くんに「お疲れ」と言われて、ありがとうと返しながら辺りをきょろきょろと見渡す。

「駿くん、大ちゃんは？」

「あいつ出店担当だからもう行ったよ。なんか買いにいってやれば？」

「なに売ってるの？」

「唐揚《からあ》げと焼きそば」

「両方好き！　行く！」

麻衣子はお腹が空いていないらしいから、ひとりで向かった。

大ちゃんに会えるなら嫌いな物でも行くけれど、彼氏ができた以上、理由を作らなきゃいけないと思った。悟られないよう必死になりすぎていた。ただの友達なら、理由なんかなくてもいいのに。

本心は、理緒たちにも言えなかった。

亮介と付き合ったことを報告すると、みんなすごく喜んでくれた。私はただただ罪悪感が膨らんだ。大ちゃんに彼女ができたあと、伊織と隆志になにも言えなかった自分を思い出した。

都合の悪いことは隠す。私は中学の頃からなにも成長していなかったのだ。

昇降口を抜けると、すぐに3Fの出店を見つけた。

「大ちゃん！」

「菜摘じゃん。歌合戦ちょっと見たよ」

「ありがと！」

差し出された唐揚げを受け取った。イベントに興味がなさそうな大ちゃんが、わざわざ見に来てくれたことが嬉しい。

男子は甚平《じんべい》を着ている人がたくさんいて、植木くんや駿くんもそうだったのに、やっぱり大ちゃんは普通に制服姿だった。大ちゃんはどこまでも大ちゃんだ。甚平姿も拝みたかったのに。

「唐揚げいくら？」

「いいよ。頑張ったご褒美」

「やった。じゃあ焼きそば買う。小銭二百円しかないんだけど足りる？」

「三百円」

「え、おまけしてよ」

「売り上げかかってんだよ」

「ケチ。馬鹿」

「おまえふざけんなよ」

渋々財布から千円札を取り出して、大ちゃんの手に置いた。ちゃっかり焼きそばを大盛りにしてくれるところが大ちゃんらしい。

すると大ちゃんの後ろから、担任らしき先生が私たちに大量の唐揚げを差し出した。見覚えがあると思ったら、体験実習の時の先生だ。大ちゃんの担任だったのか。

「山岸、これやるから彼女と食え」

ドキッとした。彼女……に、見えるんだ。

「こいつ彼女じゃないから」

「ん？　違うのか？」

「でももらう。ありがとー先生」

どうして私は傷ついているんだろう。実際に彼女じゃないのだから、否定するのは当たり前なのに。私にはもう、亮介がいるのに。頭ではわかっているのに、体がちっともわかってくれない。本心を押し殺しながら、焼きそばと大量の唐揚げをふたりで完食した。

お次は植木くんのバンドを見に行かなければいけない。

大ちゃんも当然行くと思っていたのに、人混みは嫌いだから行かないと言われた。どこまでも盛り上がりに欠ける人だ。

ノリが悪い大ちゃんを置いて、ひとりで体育館へ向かう。渡り廊下まで来た時、あまり機嫌がよろしくなさそうな亮介が現れた。

「うろちょろしすぎだろ」

やはり機嫌が悪いらしい亮介は、私と目を合わさずにあぐらをかいた。無視するわけにいかないから、私も隣に座った。

「なんで電話出ねぇの？」

「電話？」

スマホを見ると、亮介からの着信がある。

「ごめん、気付かなかった」

「……まあいいけど。浴衣似合ってるよ。すげぇ可愛い」

「ほんと？　ありがと」

まだ少し怒ったまま、亮介は私の右手をぎゅっと握った。

付き合い始めてから一か月が経ち、ふたりの形ができ上がりつつある。私は完全に追われる立場だった。まだ胸を張って〝亮介が好き〟と言えない私にとって、ある意味では居心地がよかった。正直に言えば楽だった。

手を繋いだまま、しばらく渡り廊下で話した。入学したての頃はよくここで大ちゃんと話したな——なんて思ってしまったことは、口が裂けても言えない。

一旦教室へ戻り、後夜祭《こうやさい》のために浴衣を着直す。髪型も変えて、我ながらさっきまでとはまるで別人になった。

再び体育館へ戻る途中、亮介からメッセージが届いた。

【俺もう帰るわ。みんなで打ち上げ行く】

【わかったよ。ごめんね】

亮介からの返信は、もう来なかった。

わかっていた。亮介は引き留めてほしいのだと。帰らないでって、一緒に花火見ようって、私がそう言うのを待っている。わかっているのに、私は引き留めなかった。

亮介は優しい。人としてはすごく好きだ。なのにどうして男として好きになれないのか、自分でもわからなかった。

こんなことを願うのは間違っている。だけど願わずにはいられない。

どうか――どうか。

亮介のことを好きになれますように。

後夜祭も終わり、トリを飾るのは本日の大目玉である花火大会。理緒は彼氏のところに行ったし、由貴と麻衣子は最前列で見ると張り切っていた。私は疲れたから離れたところで見ると伝えて、人混みに紛れていくふたりを見送った。

階段にぽつんと座ってグラウンドを見渡す。カップルたちは遠目でもわかるほどいちゃいちゃしていた。手を繋いで寄り添ったり、学校だというのに人目も気にせずキスをしたり。

幸せそうな人たちを見ると、少し羨ましくて、少し寂しくなった。それでもやっぱり、亮介に会いたいとは思わなかった。

校内放送でカウントダウンが始まり、大歓声と共に花火が打ち上げられた。

階段に座ったまま、ぼっち花火を満喫する。花火が中盤に差しかかった頃、後ろから髪をつんと引かれた。驚きつつも、誰なのか確認する前に見当がついていた。私にこんなことをするのはひとりしかいない。

「大ちゃん」

振り向くと、大ちゃんはにっこり微笑んだ。

一段下りて、私の隣に座る。

「なんでひとりなの？」

「なんとなく。ちょっと疲れたし」

「彼氏できたんじゃないの？　噂で聞いたけど」

……知ってたんだ。

胸がちくりと痛んだ自分は、どこかに隠さなければいけない。

大ちゃんの口から〝彼氏〟って聞くの、嫌だな。いつか慣れるのかな。平気になるのかな。

「うん……まあ」

「一緒じゃないの？」

「さっき帰ったよ」

ちょっとドキドキする。花火の音と歓声で声をかき消されるから、自然と顔も近くなる。

「てかさ、菜摘、浴衣似合うじゃん。普通に着てた方が絶対いいよ」

「ありがとう。嬉しい」

「うん。素直でよろしい」

髪型が崩れないように、いつもより軽く頭を撫でてくれて、少し、泣きそうになる。

「めんこいな」

あまり方言を使わない大ちゃんが、そう言って微笑んだ。

やっと言ってくれた、と思った。大ちゃんに会える日は少しでも可愛いと思ってほしくて頑張っていた頃は一度も言ってくれなかったのに、今さら言ってくれたのは癪《しゃく》だけれど。

「ありがとう」

そのまま——亮介への罪悪感を押し殺しながら——一緒に花火を見た。
花火の音より、自分の鼓動の方が、ずっと大きく聞こえた。

学校祭が終わると夏休みに入った。

「もうすぐ二か月だな」

ベッドであぐらをかきながら、亮介が嬉しそうに言った。

こういう無邪気なところが可愛い。外見は大人っぽいのに。

そうだね、と答えながら、まだ二か月なんだ、と思っていた。いつも気を張りつめているせいか、やたらと長かったように感じてしまう。

「俺さ、これから毎月記念日にプレゼント渡すよ。で、思い出いっぱい増やそう?」

まるで女の子みたいな発想だ。

亮介の笑顔を見ていると、心が温まる。

同時に、罪悪感は大きくなる。

「うん。ありがと」

いつもなら私が『ありがとう』と言えば笑ってくれるのに、亮介はなにか言いたげに顔を曇《くも》らせた。

「どうしたの?」

「……菜摘さ、俺のこと好き？」

窺うように上目で私を見て、亮介が言った。

「なんで急に……」

「不安になった」

ふと、告白された時のことを思い出した。

——好きになれなかったら……振ってくれていいから。

あの約束はちゃんと覚えている。私がなによりも欲していた言葉だったのだから、忘れるはずがない。

私はまだ、それなりにしか亮介のことを好きになれていないと思う。もっと正直に言えば〝早くちゃんと好きになりたい〟と思っている状態だ。つまり、好きになれていない。

じゃあ、どうして別れないんだろう。

「……好き、だよ」

答えは、私自身が一番よくわかっていた。

亮介を失うのが怖いからだ。

「俺の方が好きだよ」

亮介が私の肩を抱いた。一度軽くキスをして、徐々に深いものへと変わっていく。

亮介に押し倒されて、私は拒まずに受け入れた。

「俺、すげえ幸せ」

——私も幸せだよ。

「大好きだよ」

——私も大好きだよ。

「愛してるよ」

私も——。

亮介がどれだけ気持ちをぶつけてくれても、私はひとつも返してあげられなかった。

第四章　きみがすき

とにかく自信がなくて　好きだと言ってくれる人に依存していた
君と出会うまで　中途半端な恋愛を繰り返していたのも　そんな理由だった
君と出会ってから　変われたと思っていたのに　結局私は私のまま

いつだって私は自分のことばっかりで
君からも　自分の気持ちからも　目を背けていた
私が君から逃げなければ　なにかが変わっていたのかな
君はいつも　下手くそに笑っていたね

◇◇◇

大ちゃんと出会って一年が経とうとしていた。

一年前の私は純粋に大ちゃんが好きだった。大ちゃんも私を好きになってほしいと願っていた。なってくれると信じていた。一年後にはその願いが呆気なく打ち砕かれているなんて、他の人と付き合っているなんて、あの頃の私には想像もできなかった。

二か月記念日には、亮介はネックレスをプレゼントしてくれた。約束を果たしてくれたのに、私は喜ぶことなんてできなかった。

夏休みが明けた頃から、亮介が変わってしまったからだ。

「菜摘！」

怒声が聞こえたのは、隆志と話し終えて教室へ戻る時だった。

目の前まで来た亮介は、眉根を寄せながら隆志の背中と私を交互《こうご》に睨みつけた。

「ふざけんなよ」

「なにが？　べつにキレられるようなことしてないけど」

「なにがじゃねえよ。なに他の男と話してんの？　見せつけてんのかよ」

亮介の変化は、束縛《そくばく》だった。

「友達と話してなにが悪いの？」

「俺と付き合ってんだから男友達なんか必要ねえだろ。彼氏いたら他の男と話さないのが普通じゃねえの？」

最近ずっとこんな感じだ。だからプレゼントをもらったって喜べなかった。ましてやネックレスなんて、まるで首輪みたいに思えて身につけることができなかった。それも亮介が異様に怒りっぽくなった要因のひとつかもしれない。

ちょうどその頃から、あるサイトが流行《はや》っていた。うちの高校のホームページというか、裏サイトみたいなもの。誰が作ったかわからないそれは口コミで一気に広まり、みんなが日常的に閲覧するようになるまで時間はかからなかった。

と、そんなものができれば、次第に話題が誹謗中傷に変わってしまうのは当然の流れなのかもしれない。

あいつ調子こいてる。嫌い。死ね。

個人を特定されないのをいいことに、あることないこと書きたい放題だった。

「また理緒の名前出てるし！　僻《ひが》むなっつーのっ」

「由貴も書かれてるよ。まじうざい！」

理緒と由貴がスマホに向かって叫び、麻衣子は黙ったまま机にスマホを放った。だったらサイトを閲覧して腹を立てるのが、私たちの最近の日課になりつつあった。だったら見なければいいとわかってはいるものの、自分の名前が頻繁に出ていればどうしても気になってしまう。

理緒たちは目立つから名前がよく出る。私だけ標的から外されるなんて都合のいいことがあるわけもなく、私の名前もちょくちょく見かけた。悪口じゃない書き込みもあるとはいえ、そういうのに自分の名前が出るってあまりいい気分じゃない。

そして私は、もうひとつ困っていることがあった。

「山岸くんの連絡先教えてくれない？」

休憩時間、他のクラスの女の子ふたり組に言われた。

最近こんなお願いをされることが増えてきた。私に言われたって困るのに。

大ちゃんは特別目立つタイプじゃない。植木くんや駿くんは騒がしいから目立つけれど、その陰にうまく隠れている。それでもやっぱりかっこいいから、一部で密かに人気があるようだった。

「なんで私に言うの？」

「だって菜摘、山岸くんと仲いいじゃん」

こんな風に、毎回同じようなやり取りをしている。

みんな大ちゃんに彼女がいることは知っているらしい。知ってるけどだからなに？と言われたこともある。連絡取るくらいべつによくない？とも何度か言われた。

確かに仲はいいし、紹介してほしいって子がいるんだけど、なんて言おうと思えば言える。ただそれは物理的に可能というだけであって、大ちゃんを誰かに紹介するなんてまっぴらごめんだ。

だけど私は亮介と付き合っているわけで、そんなことを言える立場じゃないから言わない。どこから変な噂が漏れるかわからない。自ら誹謗中傷のネタを提供したくない。

「ね、お願い！」

「人に頼ってないでさ、自分で訊きなよ。それに彼女いるんだから無理だよ」

何度断ってもキリがないから少しきつく言うと、露骨に顔を歪めたふたりは小声でぶつぶつと文句を言いながら去っていった。

またこれでサイトに悪口書かれるのかな……。そう思うだけでどっと疲れた。

どこか虚しくなるのは、私はあの子たちに怒る権利がまったくないからだ。

みんなよりも早く、大ちゃんに彼女ができるよりも先に出会ったおかげで〝友達〟という武器を持つことができただけ。その武器を利用して大ちゃんのパーソナルスペースに入れてもらっているだけ。考えていることもやっていることも、あの子たちと大して変わらないのだ。

いや、私の方がずっと質《たち》が悪いかもしれない。

――大ちゃんのなにを知ってんの？　なにも知らないくせに。

これが私の本音なのだから。

昼休み、彼氏に会いにいく理緒の付き添いで、三年生の教室がある三階へ行った。

彼氏と楽しそうに話している理緒を廊下の隅っこで待っていると、

「あれ、菜摘じゃん」

大ちゃんが教室から出てきた。

理緒の彼氏は大ちゃんと同じ専門科で、教室が隣同士なのだ。タイミングがよければ会えるかもしれないと期待してついてきたことは誰にも言えない。

「菜摘、なんか最近大変らしいじゃん。植木が言ってた」

「べつに大丈夫だよ。気にしてないし。ていうか、大ちゃんこそ大変そうじゃん。山岸くんの連絡先教えてってさっきも言われたよ」

冷やかすように言うと、大ちゃんは「そういうの困るんだけど」と眉をひそめた。

同じ高校に入って気付いたことがある。大ちゃんは他人に興味を示さない。

遊んだことのある由貴の名前すら覚えていなかったし、理緒や麻衣子だって何度も会っているのに、未だに名前を覚えていない。極度に人の顔と名前を覚えるのが苦手なのかと思っていたけれど、もはやそんな次元じゃなかった。

大ちゃんはたぶん、そもそも覚えようとしていない。まるで興味を持っていない。

大ちゃんのパーソナルスペースは驚くほど狭かった。

だけど——私のことはすぐに覚えてくれた。

「俺が彼女以外に連絡取る女は、菜摘だけだからって言っといて」

私が聞きたいのは、言わせたいのはそういうこと。たとえ友達だろうとなんだろうと、そこに恋愛感情がないとしても、私は大ちゃんにとって特別な存在なのだと思わせてほしかった。

どんどん計算高く、卑怯になっていく。

せめて大ちゃんといる時だけは、純粋な気持ちでいたいのに。

教室移動があると言った大ちゃんを見送り、ちょうど彼氏と話し終えた理緒が迎えに来て、一緒に階段を下りていく。

「菜摘、山岸さんと話してたでしょ」

「ん？　うん」

「だから顔赤いのー？」

階段を踏み外した。とっさに手すりを掴み、すんでのところで転落を防ぐ。

「顔赤い!?　嘘でしょ!?」

「ほんとだよ。真っ赤。亮介には内緒《ないしょ》にしといてあげる」

語尾《ごび》にハートをつけたような甘い声音で理緒が言った。

動揺を隠せなかった。まだ大ちゃんのことが好きだと、理緒にばれてしまったわけで。

大ちゃんのことはもう好きじゃないっぽい、と大嘘の宣言をして、その直後に亮介という彼氏ができたのだ。なのに実はまだ大ちゃんのことが好きだなんて、軽蔑《けいべつ》されてしまっただろうか。

私の心配とは裏腹に、理緒は怒っている様子もなくにっこり笑って、出会った頃より長くなった髪と短いスカートをふわりと揺らしながら、階段をリズミカルに下りていく。

「……理緒」

怖い。

だけど、もしかしたら私は、ずっと誰かに話したかったのかもしれない。

心の奥底で渦巻いている靄《もや》を、どこかに吐き出したかったのかもしれない。

「ん？　なに？」

こんなこと誰にも言えないと思っていた。

だけど、どうせばれてしまったのなら。

この矛盾ばかりでどうしようもない心の内を、理緒に、すべて話してしまおうか。

「あのね、私、本当は——」

「菜摘！」

言いかけた時、階段に亮介の怒声が響いた。振り向けば、もはや当然のように亮介が立っていた。

やばい。今の話聞かれてた——？

「どこ行ってたんだよ。電話も出ねえし」

「亮介、待って！　菜摘は理緒についてきてくれただけだよ！」

「理緒、大丈夫だから。先に戻っててて」

「だってほんとに理緒が……」

「いいから。ごめんね」

もう一度「大丈夫だから」と繰り返すと、理緒は心配そうな顔をしながらも教室へ戻っていった。

スマホを見れば、不在着信が五件ある。たかが昼休みにかける量じゃない。

「なに？　なんか用？」

「どこ行ってたかって訊いてんだよ！」

「私の勝手じゃん。なんでいちいち怒られなきゃいけないの？　休み時間まで拘束《こうそく》されたくないんだけど」

そう吐き捨てて亮介の横を通ろうとした時、腕を強く掴まれた。

「ふざけんなよ」

「こっちの台詞だよ。いい加減にして。そんな睨まれたってべつに怖くないから」

私たちの喧嘩を中断させたのは、授業開始を知らせる鐘だった。

舌打ちした亮介の腕を振りほどき、教室へ戻った。

どれだけ怒られても怒鳴られても、私は怖くもなんともなかった。

今怖いのはふたつだけ。

いつか限界が来るということと、壊れていく環境《かんきょう》。それだけ。

十二月に入る頃には、裏サイトでの誹謗中傷がピークに達していた。

「菜摘！　これ見た!?」

昼休み、お弁当を食べ終えて机に突っ伏していた私の肩を由貴が揺らした。顔を上げるとスマホの画面を向けられていて、表示されている内容にさらりと目を通す。

「んー……さっき見た」

相変わらず、一年生の中では圧倒的に私たちの名前が多かった。

どうやら私は、亮介と付き合っていることで敵視されているようだった。最近こんな内容をよく見る。

『亮介浮気してるよ。あたしヤッたもん』

『菜摘かわいそー』

『さっさと別れろよ』

亮介は女の子たちに人気があるらしい。

「これまじ!?」

「わかんない」

「そっかあ……」

由貴はスマホをポケットにしまって、しょんぼりしながら暖房《だんぼう》の前に座った。私も由貴の隣に移動し、慰め合うようにぴったりとくっついた。

なにが『かわいそー』だ。ふざけんな、楽しんでいるくせに。いい気味だと思っているくせに。いい加減にしろ。ていうか、匿名でしか人に喧嘩を売れない自分が恥ずかしいと思わないのか。ああもう、むかつく。

相手にしたら負けだ。だから絶対に反論を書き込んだりしない。

ただただ、早く流行《りゅうこう》が去ってくれることを願っていた。

亮介が浮気しているか、そりゃ気にはなる。だけど訊いたところで認めないだろうし、喧嘩になるのは目に見えているし——事実だとしても、私に責める権利なんてない。

亮介のことを好きになりたいという願いは、未だに叶っていなかった。そんな私が亮介のことを問い詰《つ》められる立場なのだろうか。

答えなんて考えるまでもなく出ている。いいわけがない。

うじうじしている自分が嫌で、前に進みたくて亮介と付き合ったのに、結局なにも変わっていなかった。ただ人を巻き込んだだけ。前進どころか悪化している。

「理緒は？　彼氏と大丈夫なの？」

「大丈夫だよ。彼氏も気にするなって言ってくれてるし」

私たちと同じように腹を立てていた理緒は、最近は至って冷静だった。校内一のイケメンと言われている人と付き合っているのだから、僻まれるのは仕方がないと腹をくったらしい。

　というのは理緒の強がりだとわかっていた。冷静になったわけじゃなく、無理にでも強がっていないと耐えられないのだろう。理緒に対する誹謗中傷は、私に対するそれとは比べ物にならないほどひどかった。すべては妬み嫉み僻みだと頭では理解していても、傷つくものは傷つく。

　もう嫌だと一度だけ泣いた理緒を、私は知っていた。


　その日の放課後、生徒指導室を通りかかると、中から意外な人が出てきた。

「駿くん？」

　もう金髪じゃない駿くんはちょっとわかりにくい。

「おう菜摘。また悪いことしたのか」

「してないよ。たまたま通りかかっただけ。駿くんこそなにやらかしたの」

「進路相談だよ」

　駿くんは成績優秀らしく、仲間内では数少ない大学進学組だそうだ。黒髪にしたのも受験のためだと聞いた。

「そうなんだ。大ちゃんは？」

　あっけらかんと言った私を見て、駿くんが噴き出した。

どうして笑われたのかわからなくて首をひねる。

「気になる？　山岸」

「え？　ち、違うよ。だっていつも一緒にいるから、今日は一緒じゃないのかなって思っただけで」

「俺の進路相談に山岸がついてくるわけねえだろ」

当たり前のことを笑いながら言われて、体が沸騰したみたいだった。

理緒にばれて、駿くんにもばれて、私はちっとも隠せていない。

駿くんはふうと息を吐くと、腕を組んで壁に寄りかかった。

「山岸さ、最近あんまり学校来てねえんだよ」

「そうなの？」

確かに最近あまり会っていない。学年が違うわけだから会わない時は会わないし、そこまで気にすることではないと思っていた。まさか学校に来ていないなんて。

「なんで来ないの？　なんか聞いてないの？」

「山岸が正直に言うと思う？」

言葉に詰まった。

駿くんの言う通りだ。訊いたところで、大ちゃんはきっとはぐらかす。

「菜摘も理由知らないんだ」

「まあ、山岸に会ったら普通に接してやってよ。なんかあったんだと思うから」

駿くんはそう言って去っていった。

大ちゃん、どうしたんだろう。

「うん……」


数日後の朝、寝坊した私は授業の開始時刻からだいぶ遅れて学校に向かっていた。

この時間帯のバスは好き。

通勤・通学ラッシュはとうに過ぎているおかげで好きな席に座れるし、人が少なくて静かだから無心になれるし、外の景色をぼんやりと見ていられる。いつも慌ただしく騒がしい朝の風景とは打って変わって、ゆったりと流れる時間は心地よかった。日々の喧騒もサイトでの誹謗中傷も、この瞬間だけは忘れられる。

バスを降りると、ちらちらと雪が降っていた。白い足跡をつけながら、誰もいない道をひとりで優雅に歩く。ちょうど歩行者信号が赤に変わったから、すぐ横にある地下歩道の階段を下りた。

「菜摘？」

後ろから聞こえた、振り向かなくてもわかる声。

まさかここで会うと思っていなかった私の心臓は大きく跳ねた。

「大ちゃん」

振り向くと、大ちゃんは「おはよ」と微笑んだ。

学校来たんだ――。

「遅刻？」

「うん。大ちゃんも？」

「一時間目、集会なんだよ。体育館寒いからさ」

「それ遅刻じゃなくてサボりじゃん」

「菜摘もじゃん」

「私はただの寝坊」

「大して変わんないだろ」

笑って、大ちゃんが歩き出した。私も隣に並んで歩いた。

地下歩道の空間に、ふたりぶんの足音が響く。

「大ちゃん、最近あんまり学校来てないよね」

事情があるのかもしれないし、触れていいだろうかと悩みはしたものの、気になってしまって他の話題が浮かばない。

「んー……まあね。単位足りてるから大丈夫だよ」

「……そっか」

予想通りの答えだった。

やっぱり大ちゃんはなにも言ってくれない。そんなの私が求めている答えじゃないことくらい、きっとわかっているはずなのに。これ以上は訊かないで、という無言のサインに思える。たぶんそうなのだろうけど。

「あ、就活は？　もう終わってるの？」

「まあね。親父の会社に入るだけだから、就活は特にしてないけど」

そういえば、家がお金持ちだと言っていた。社長さんだったのか。

すごいね、と言葉を紡《つむ》ぐことができなかったのは、いつか見た大ちゃんと同じ顔をしていたからだ。無表情で遠くを見つめる、喜怒哀楽のどれなのかわからない、色のない昏い瞳。

「……そ、か」

近くにいられているんじゃないかと思っても、どうしても一定の距離まで近付くと壁を作られてしまう。パーソナルスペースに入れてもらっているなんて、大ちゃんにとって私は特別だなんて、私の勘違いでしかないのだと思い知らされる。

出会った頃から私たちの距離は変わっていない。もしかしたら、あの頃よりずっと遠くなってしまったのかもしれない。訊きたいことはいくらでもあるのに、もっと近付きたいと何度でも思うのに、大ちゃんの分厚い壁をぶち壊す勇気も度胸も、私にはなかった。

「心配してくれてありがと」

口をつぐんで俯いた私の頭を包むように、大ちゃんの大きな手が乗る。

すると大ちゃんは、もうすぐ出口なのに突然立ち止まった。

「髪、伸びたね」

頭に乗せていた手をするりと滑らせて私の髪をすくった。

大ちゃんに言われてからずっと伸ばしていた、背中まである髪を。

「覚えててくれたの？」

「え？」

「長い方が似合いそうって、言ってくれたこと」

あの時も今も、大ちゃんは何気なく言っただけかもしれない。なんのこと？と返される可能性の方がきっと高いのに、私の口は頭で考えるよりもわずかに早く声を出していた。

勘違いだったら恥ずかしいとか、亮介への罪悪感とかよりも、遥かに大きな感情が
私の中を埋め尽くしていた。

「え？　ほんとに俺が言ったから伸ばしてたの？」

こんなの、もうほとんど告白だった。それでも私は素直に頷いた。

伸ばし始めたきっかけは大ちゃんのひと言だった。だから、大ちゃんのことを諦めようと決めた時、亮介と付き合い始めた時、髪も切ってしまおうかと思った。だけど、できなかった。

いつか、こうして触れてくれる日が来るのを待っていたのかもしれない。

「似合う？」

大ちゃんはいったいなにを考えているのだろう。自分の言葉がきっかけで私が髪を伸ばしていたことを、大ちゃんも少なからず嬉しいと思ってくれただろうか。

「似合うよ。思ってた通り」

「えへへ、ありがとう」

私、髪伸びたよ。こんなに長くなったよ。頑張って伸ばしてるんだよ。前に派手な子はあまり得意じゃないって言ってたから、明るすぎない色にしてる。髪が綺麗って言ってくれたのが嬉しくて、傷《いた》まないように努力してる。もともとストレートの髪に、毎朝アイロンかけてるんだよ。

私、頑張ってるんだよ。だからお願い。

――私を見てよ。

「やべ、もうすぐ二時間目始まるじゃん。行こ」

「あ、うん」

再び歩き出した大ちゃんのあとを追う。

地下歩道を出ると、一メートルほど前を歩いている大ちゃんは私に向けて左手を伸ばした。

寒がりのくせに、大ちゃんは相変わらず薄着だ。学ランの中にシャツとカーディガンを着ているだけで、マフラーは巻いているもののやっぱりコートは羽織っていない。

そんな薄着だから、大ちゃんの手は真っ赤だった。

本能のままにぴくりと動いた私の右手は、大ちゃんの左手に重ねることのないまま拳を握っていた。

私には亮介がいる。大ちゃんには彼女がいる。素直に手を取れるわけがなかった。

手を繋ぎたいなんて――思っちゃいけなかった。

「ああ……そっか。彼氏いるんだっけ」

ちらりと私を見た大ちゃんは下手くそに微笑んで、宙に浮いていた左手を学ランのポケットに入れた。

出会ってからの一年間で、一番近くにいられたのはいつだったのだろう。

初めて手を繋いだ日、私たちの距離はどれくらいだったのだろう。

拳をほどいて、いつか私にくれたのと同じ紺色のマフラーをくいっと引いた。振り向いた大ちゃんは、不思議そうに私を見る。マフラーから手を離して学ランの袖を掴むと、大ちゃんはなにも言わずに微笑んで、また歩き出した。

学校に着いて手を離すまで、ひと言も交わさなかった。

声なんて出せなかった。全部全部、溢れてしまいそうだった。

時折触れた大ちゃんの手は、とてもとても、冷たかった。

＊

決して平穏とは言えないまま、毎日が忙しなく過ぎていく。

終業式の日はクリスマスだった。彼氏と過ごす予定らしい理緒は、HRが終わるとすぐさま帰る準備を始めた。幸せそうに微笑む理緒を、羨ましいと思った。

「菜摘は亮介と過ごすの？」

チェックのマフラーを巻きながら理緒が言った。

亮介との関係性が崩れて数か月が経った今も喧嘩が絶えない。嫉妬以外でも、亮介は私のちょっとした言動にひどく敏感だった。一緒にいて楽しいと思える時間の方がずっと少ないのに、それでも私は亮介と別れていない。もっとも、亮介は別れたがっているかもしれないけれど。

こんな状態で付き合っていても楽しくないのは亮介だって同じはずだ。いい加減私に愛想を尽かしているかもしれない。少なくとも私を好きな気持ちは薄れているだろう。だから、別れを切り出されるのは時間の問題じゃないかと思うようになっていた。

「うん、まあ」

とはいえ普通に過ごせる日もあるし、イベントの時は普通に約束をする。

私は他に好きな人がいて、亮介は浮気疑惑があって、それのどこが〝普通〟なのか自分でも疑問に思うけれど。

亮介の家でそれなりにクリスマスっぽく過ごし、二十時を回った頃に「そろそろ帰るね」と言った。

「泊まっていけば？」

「ごめん、なにも持ってきてないから今日は帰る」

本当は、明日は朝から伊織や隆志をはじめ中学時代の友達と集まる約束をしているから帰りたかった。だけど正直に言えば、また男がどうのと問い詰められて面倒なことになる。

喧嘩にうんざりしている私は、平気で嘘をつくようになっていた。

「なんで？」

亮介の声が低くなる。この数か月間で何度も耳にした、怒っている時の声。

反射的に身構えた私の腕を、亮介がぐっと掴んだ。

「え……だから、着替えとか持ってきてないし。てか、痛いよ。離して」

「いいだろそんなの。このまま泊まれよ」

心臓が嫌な音を立てた。

嫉妬以外で亮介が怒る時はいつも突然で、タイミングがまったく掴めない。それとも、私の嘘に勘付いているのだろうか。

「な？」

わかった、今日は泊まるね、とでも言えば事が収まるのだろう。

だけど、とても言えなかった。ただ、一刻も早くこの場から、亮介から離れたい。

「でも……」

「うるせえな！」

力いっぱいに腕を引かれてソファーに叩きつけられた。

視界が反転して、下にあったはずの亮介の顔が上になる。

「ちょっと黙ってろよ」

表情なんてなかった。まるで物を見るような、そんな目。

両腕を固定されたせいで身動きが取れない。首に這《は》う舌《した》の感覚が気持ち悪い。汚いとさえ思った。

嫌だ。嫌だ――。

「やめてよ！　触んないで！」

「うるせえな！　俺のこと好きじゃねえのかよ！」

「なんでそうなるの!?　こんなの嫌に決まって――」

「黙れって！」

誰、これ。

こんなの亮介じゃない。どんなに怒っていても怒鳴っていても、こんなことをする人じゃなかった。どれだけ抵抗しても亮介は止まらなかった。男の力に敵うわけがない、抵抗しても無駄だと悟った私は、体の力を抜いた。

大丈夫。私たちは今、カップルなら当然する行為をしているだけ。

そう自分に言い聞かせて、痛みも恐怖も涙も、心の悲鳴も、ひたすら堪えていた。

どうしてこうなるんだろう。私はいったいなにをしているんだろう。なにがしたいんだろう。

痛みに耐えながら、現実逃避をするようにそんなことを考えていた。

体が痛くて力が入らなかった。

両腕を使ってなんとかソファーから上半身を起こすと、スタンドミラーに私が映っていた。

ぼさぼさの髪。乱れた服。足にぶらさがっている下着。

頭がぼうっとしているせいで、たった今なにが起こったのか、自分がどうしてこんな姿なのか、ちょっとよくわからなかった。首を巡らせれば、今最も憎むべきその人は、何事もなかったかのように平然とスマホをいじっていた。

その姿をぼんやりと眺めてから、乱れたものを直していく。カーディガンを着て、上からコートを羽織る。

鞄を持って、部屋をあとにした。

等間隔に並んでいる街灯は、幅が広すぎて最低限の光しか与えてくれなかった。

途方《とほう》に暮《く》れるって、こういうことをいうのだろうか。

体が痛い。手首には、私を押さえつけていた亮介の手の感触がはっきりと残っている。

もしも友達にこんな話をされたら、私はきっと怒るだろう。

いくら彼氏でも、そんなの強姦《ごうかん》だと。絶対に許してはいけない、別れた方がいい、と。

だけど私は、どうしても亮介を責めきれなかった。だって私は、今私が抱えている痛み以上に、きっと亮介を傷つけてきた。今日だって、亮介は勘付いていたのかもしれない。私の嘘じゃなく、亮介といてもずっと他のことばかり考えていた私に。

彼氏と過ごすと幸せそうに微笑む理緒を見て、思ってしまったのだ。

私も、もし大ちゃんと過ごせるなら、こんなに幸せそうに笑えるのだろうか、と。


「……あ」


通りかかったのはあの公園だった。

高校に入学してからは何度も通っているのに、なぜかひどく懐かしく感じた。公園は亮介の家から私の家までの途中にある。だから通りかかってもなんらおかしくない。だけど、決して最短ルートではなかった。

足は自然と公園の中に向かっていた。雪で埋まっているベンチを通りこし、一番奥の屋根がついているベンチに腰かけた。ふたり並んで笑い合っていた日々が、遠い昔のことに思えた。

思い返すと無性《むしょう》に人恋しくなり、ポケットからスマホを出した。スマホってこんなに冷たかったっけ――。

メッセージの履歴を上から順番に見ていく。

理緒。今頃は彼氏と幸せな時間を過ごしている。

由貴、麻衣子。フリーの友達を集めて朝まで遊ぶって言っていたっけ。

伊織。せっかくのクリスマスに久しぶりに呼び出して、泣きつくのは嫌だ。

隆志。きっと高校に入ってからできた彼女といるだろう。

みんな楽しく過ごしているのに、こんな状態で割り込むわけにはいかない。場の空気をぶち壊してしまう。

私、誰もいないじゃん――。

寒さがそうさせるのか、そんな被害妄想《ひがいもうそう》を抱いてしまう。

履歴をさらに遡っていくと、ひとつの名前が目に入った。それだけで涙が滲んだ。

そうか、と思った。

私が探していたのは〝誰か〟じゃない。最初からこの名前を求めていたのだ。

楽しい時、嬉しい時、哀しい時、寂しい時、苦しい時。

いつだって、会いたいと思うのはたったひとりだけだった。

画面をタップして、メッセージの入力欄に親指を乗せた。だけどなんて打てばいいのかわからなくて、右上の受話器のマークをタップした。呼び出し音が鳴る。なかなか出ない。もしかしたら彼女と一緒にいるのかもしれない。

電話をかけてしまったことを後悔し、耳からスマホを離した時、

『もしもし、菜摘？　どうした？』

声が聞こえた瞬間に死ぬほど安心して、嗚咽が込み上げた。

私、本当になにしてるんだろう。

逃げたかったはずなのに、結局自分ですがりついている。

私はどこまで馬鹿なんだろう。

今までしてきたことがなんの意味もないことに、今さら気付くなんて。

「……ごめん」

『ごめんってなんだよ。電話してくるの珍しくない？　なんかあった？』

「……今どこ？」

『植木たちとカラオケだけど……どうしたんだよ。言ってみ』

そうなんだ。よかった。

彼女と一緒じゃなくて、よかった。

「……あのね」

「ん？」

「……助けて」

『は？　え、今どこ？』

「公園……」

『すぐ行く。そこで待ってて』

一方的に切られて、え、と思わず声が漏れた。

まだ公園としか言っていないのに、場所がわかるのだろうか。公園なんかいくらでもあるし、最後にふたりでここに来たのは一年も前だ。それに、私にとっては思い出深い場所でも、大ちゃんにとってはきっとそうじゃない。

でも、どうしてだろう。なんの根拠もないのに、大ちゃんは来てくれると思った。少しだけ温かくなった機械を強く握りしめながら、大ちゃんが来てくれるのを待っていた。

公園の出入り口から走ってくる姿が見えたのは、電話を切ってからたったの数分後だった。

「菜摘！」

来るの早すぎだよ。公園なんて、他にもたくさんあるのに。

どうしてわかったんだろう。大ちゃんにとっても、この公園は特別なのだろうか。

ここで私と過ごした日々のことを、まだ覚えてくれているのだろうか。

「大ちゃん……」

涙を堪えきれなくなった私は、顔を背けずに、差し出された手を素直に握った。

「ひとりで泣いてたの？」

私の前にしゃがんだ大ちゃんは、私の手をぎゅっと握った。

「泣き虫。もう大丈夫だから、泣かなくていいよ」

大ちゃんは握った手をほどいて、両腕で私を丸ごと包み込んだ。

絶対に人前で泣かないって、心に誓っているのに。

どうして大ちゃんの前では我慢できないんだろう。

「寒かったろ」

「……うん」

ほんの少し前まで手を繋ぐことさえためらっていたのに、私はなんの迷いもなく大ちゃんの背中に両手を回した。

大ちゃんにこうして抱きしめてもらうの、いつ以来だろう。もう二度とこんな日は来ないと思っていた。あの頃とはなにもかもが違うのに、大ちゃんの腕の中だけは変わっていなかった。

こんな気持ち、とっくに忘れていた。

心から温まるような、世界一の幸せ者になれちゃうような、そんな気持ち。

「彼氏となんかあった？」

私を抱きしめていた手を両肩に移動させて、しゃがんだまま顔を覗き込んだ。

「……なんにもないよ」

「俺に言えないようなこと？」

大ちゃんは答えない私を見て、困ったようにこめかみをかいた。

急に電話して、助けてなんて言って、こんなに急いで来てくれたのになにも言わないなんて、呆れられても怒られても仕方がない。私が逆の立場でもきっとイライラする。わかっているのに、ちゃんと説明しなければと思っているのに、どうしても言えなかった。

私から手を離して立ち上がった大ちゃんを慌てて見上げる。この場から去ってしまうのかという不安は外れて、隣に座った大ちゃんはもう一度私を抱きしめた。

「泣かなくていいよ。いい子だから」

まるで子供をあやすみたいな言い方。

子供扱《あつか》いされているのに、頭を撫でてくれる優しい手に安心した私は、ただただ泣き続けた。しゃくりあげながら泣いている私の背中を、大ちゃんはゆっくりと一定のリズムでさする。

「……ごめんなさい」

「いいよ。言えないくらいきついことがあったんだろ」

違うよ。きついから言えないわけじゃない。

嫌なの。

大ちゃんの口から〝彼氏〟って聞くの、どうしても嫌なの。

大ちゃんに〝彼氏〟の話をするのは、もっと嫌なの。そんな自分が、すごく嫌なの。

彼氏に襲われたなんて、大ちゃんには絶対に言いたくないの。


――どうしても、大ちゃんが好きなの。


「鼻水つけんなよ」

私が落ち着いてきた時、耳もとで大ちゃんが言った。

「もうついてるかも」

「ふざけんな馬鹿」

大ちゃんの胸に埋めていた顔を上げて、乱れた息を整えるために深呼吸をする。それに合わせるように、大ちゃんは私の背中をぽんぽんと二回撫でた。

「寒いね。送るから帰ろう」

「……いい。また帰り歩きになっちゃうよ」

「大丈夫だよ」

「でも」

「余計なこと考えんな」

いつか同じ会話をしたことがある。

大ちゃんは変わらないね。私は変わっちゃったよ。

「……うん。わかった」

もう雪が降っているから、自転車でふたり乗りはできないけれど。

いつかみたいに、手を繋いで、いろんな話をしながら、ふたりで歩きたい。

あの頃に戻りたい。ただただ、純粋に大ちゃんが好きだったあの頃に。

私、どんどん汚くなっていく。

戻りたいよ。大ちゃん――。

「ほら、早く行かないとバスなくなるぞ」

立ち上がった大ちゃんは、私に向けて手を伸ばした。

「うん。……大ちゃん」

「ん？」

「……ありがとう」

「どういたしまして」

私も手を伸ばして、大ちゃんの手に重ねた。

あの日繋げなかったぶん、ぎゅっと握った。

もうためらいなんてなかった。

今あるのは、初めて手を繋いだ日と同じ気持ちだけ。

大ちゃんが好き。それだけだった。

亮介はさすがに気まずいのか、冬休み中はあまり連絡をしてこなかった。たまに誘われて私が断っても、いつもみたいに怒ることはなかった。

クリスマスから一度も会わないまま新学期を迎え、久しぶりに学校で顔を合わせた私は話があると伝えて、放課後に亮介の家へ向かった。

もう無理だった。

大ちゃんのことを諦めるなんて、大ちゃんへの気持ちから逃げるなんて、私にはとてもできなかった。ちょっとしたことでも、なにかあるたびに、大ちゃんに会うたびに、どうしても大ちゃんが好きだと痛感してしまう。

だからこれ以上、亮介とは一緒にいられない。

亮介の家のドアに手をかけた時、手が震えていることを自覚した。

大丈夫。なにも怖くなんかない。ただ彼氏と、カップルなら当然する行為をしただけ。あの日と同じく自分にそう言い聞かせて、震えている手をぎゅっと握りしめて、別れることだけを考えた。

ドアを開けると、亮介は「やっと来た」と笑った。

「遅かったな」

「うん、ちょっと」

ベッドから起き上がって、ドアの前に立ったままの私を見てきょとんとした。

「どうした？　入れよ」

「……うん」

どうしてだろう。足が動かない。

亮介は怪訝そうな顔をして立ち上がり、私との距離を詰めた。反射的に体が後退する。ドアは閉めてしまったから、これ以上は下がれないのに。亮介とドアに挟まれた私は、恐る恐る顔を上げた。目の前にはもちろん亮介がいる。見下ろしている亮介の顔が、ゆっくりと近付いてくる。

あの日の記憶とぐちゃぐちゃに混ざり合った感情がせり上がり、とっさに亮介を突き飛ばしてしまった。

「……なにするんだよ」

信じられなかった。

あの日のことを、なんとも思っていないのだろうか。

また同じことをするつもりなのだろうか。

目を鋭く尖らせた亮介は、再び私の前に立ちはだかって両手を掴んだ。

「話があるって言ったじゃんっ」

「そんなのあとでいいよ」

「やだってば！　触んないで！」

がむしゃらに体を動かして亮介の手を振りほどき、解放された右手を振りかぶった。

乾いた音が響いたのと、右手を亮介の頬にめがけて下ろしたことに気付いたのはほぼ同時だった。

しん、と静寂が落ちる。

「あ……ごめ……」

「意味わかんね。なんで殴られなきゃなんねえの？　ふざけんなよ」

亮介は左頬に手を当てながら、部屋から出ていった。

強張っていた体から力が抜けて、へなへなと床にへたり込んだ。呆然としながら、亮介が戻ってくるまで待つか、このまま帰ってしまうか考える。別れ話をするのは今日じゃない方がいいかもしれない。亮介とふたりきりの時じゃない方がいいかもしれない。もしクリスマスと同じことをされたら、私はきっと消えてしまいたくなる。

その時、薄暗い部屋でなにかが光った。目をやると、視界に飛び込んできたのは亮介のスマホだった。

どうしてだろう。前々から疑っていたわけじゃないのに。

——亮介浮気してるよ。

書き込みのことなんて忘れていたのに。

私はためらうことなくスマホを手に取った。亮介のスマホの暗証番号は知っていた。

浮気の証拠で溢れている内容を見ても、ショックは微塵もなかった。むしろほっとしていた。

よかった。これで私が被害者になれる。ただ、そう思った。

私はずっと心のどこかで、こんな風に、自分が悪者にならずに済むシチュエーションを望んでいたのだと気付いた。

「おまえなにしてんの？」

突然後ろから声がしても、あまり驚かなかった。

振り向けば、亮介は壁にもたれかかりながら眉をひそめている。

おまえって、亮介に初めて言われた。

「なにしてんのはこっちの台詞。浮気してたんだね」

「はあ？　浮気なんかしてねえよ。スマホ返せ」

「全部見たから」

スマホの画面を向けると、亮介はばつが悪そうに私から目を逸らした。

「……ごめん」

「いいよべつに。別れよ」

「……え？」

「この子と付き合えばいいよ。別れよう」

スマホをテーブルに置いて立ち上がろうとした時、亮介は目を見張って私に駆け寄った。

「やだよ！　別れたくない！　もうしないから！」

肩を掴まれてもさっきみたいに恐怖を感じることはなく、私はただただ狼狽した。

亮介は今、目に涙を浮かべて震えている。

「……亮介？」

「菜摘が好きなんだよ。本当にごめん。別れたくない……」

か細い声を震わせて、私を強く抱きしめた。

動揺が薄れていった代わりに、疑問が芽生えた。

私は本当に、亮介がもう大して私を好きじゃないと、別れを望んでいると思っていたのだろうか？

そう思っていた方が、罪悪感が薄れて楽だったんじゃないだろうか。

ああ、やっぱりだめだ。

自分が被害者になれるかもしれないなんて、どうして一瞬でも思えたのだろう。そんなことできるはずがないのに。

強姦まがいのことをされようが浮気をされようが、それでも亮介を責めることなんてできないくらい、何度謝っても足りないくらい、亮介を傷つけてきたのに。そんなこと、ちゃんとわかっていたはずなのに。

亮介から笑顔を奪ったのは、亮介をここまで追いつめたのは、他の誰でもない、私だ。

「ごめん、亮介」

──菜摘の誕生日に告ろうって、ずっと前から決めてたんだ。

亮介の気持ちが嬉しかった。亮介といたら心が穏やかになった。

それが恋でもなんでもないことはわかっていた。弱っている時に優しくしてくれたから。どんなに鈍感な人でも気付くくらい、真っ直ぐに私を好きでいてくれたから。

大ちゃんから逃げたかった私にとって、亮介の存在はちょうどよかった。

ひとつだけ言い訳が許されるのなら、たとえ時間がかかっても、きっと亮介を好きになれると思った。新しい恋ができるのなら相手は亮介しかいないと、こんなにも私のことを好きになってくれたこの人であってほしいと、思った。

だけど、どうしても、叶わなかった。

「ごめんね。……もう、一緒にいられない」

ずっと、亮介の束縛が嫌だった。だけど私だって亮介を縛りつけていたのだ。

亮介を失うのが怖かった。

亮介と別れたら、私を一番に想ってくれる人がいなくなってしまう。そうしたら、大ちゃんから逃げる理由がなくなってしまう。またあんな思いをするくらいなら、嘘をつく方が何倍も容易いことだった。私はあまりにも身勝手な都合で優しい亮介を利用していた。

亮介を解放してあげなければいけない。

もっと早く、そうしなければいけなかった。

――好きになれなかったら……振ってくれていいから。

いい加減、約束を果たさなければいけない。

「亮介、わかってるんだよね。最初からずっと、わかってたんだよね。私は――」

亮介は私と同じだったんだ。私が亮介のことを見ようとしていなかったから、苦しくて仕方がなかったから、他の人に逃げたんだ。

私を見てくれない大ちゃんから逃げた、私と同じ。

「好きな人がいる。亮介のこと……好きじゃなかった」

なんて最低な台詞だろう。

ずっとずっと、大ちゃんだけが好きだった。

最初から最後まで、亮介のことは好きじゃなかった。
私は結局、自分が一番大事だった。
自分を守るためなら、平気で人を傷つけた。
人を傷つけるのがどういうことなのか、私は全然わかっていなかった。
「ごめんね。……別れよう、亮介」
どうして亮介じゃだめだったんだろう。
どうして大ちゃんじゃなきゃだめなんだろう。
それだけは今でもわからなかった。

＊

亮介と別れた本当の理由は、誰にも言えなかった。

亮介と別れても、ちっともすっきりしなかった。むしろ自分がどれだけ汚くて最低な人間なのかを痛感してしまった。裏サイトは私と亮介の話題で持ち切りになり、それがとどめになった私はひどく情緒《じょうちょ》不安定になっていた。ちょっとしたことでイライラしたり泣きそうになったり、普段より感情の起伏《きふく》が激しくて、まるで自分をコントロールできない。

私と亮介が別れた理由について、的にかすってすらいない考察から始まり、あることないこと好き放題に書かれていた。カップル間のいざこざはネタにしやすいのだろう。考察が終わると私への誹謗中傷へ移っていった。さっさと別れろとか書いていたくせに、実際に別れたら私へのバッシングがあとを絶たなかった。

馬鹿じゃないのか。クソみたいな書き込みにいちいち腹を立てている私も馬鹿だ。

「おい、おまえ！　寝るな！　だらしない！」

一時間目の古文の授業中、なにをするにも気力が湧かず机に顔を伏せていた私の鼓膜に、男の先生の怒声が突き刺さった。

生真面目なこの先生は真面目じゃない私のことがよほど気に入らないらしく、前々から事あるごとに注意されていた。

「は？　私に言ってんの？」

「おまえ以外に誰がいる!?」

熱くなっちゃだめだ。悪いのはちゃんと授業を聞いていなかった私なのだから。

なんとか気を落ち着かせようとしても、苛立ちを抑えきれない。

「他にも寝てる人とか化粧してる人とかスマホいじってる人とかいっぱいいるじゃん。なんで毎回私だけなの？」

「なんだその口の利き方は！」

とにかくタイミングが悪い。頭に血が上る。今キレたら止まらない気がする。わかっているのに、制御できない。

「うるせえな！　いっつもこっちが黙ってるからって偉そうにごちゃごちゃ言いやがって！」

席を立った私は先生を睨みつけながら距離を詰めて、教壇《きょうだん》を思いきり蹴った。完全に八つ当たりだった。もうなにも考えられなかった。

「いい加減にしろよ！」

先生は顔を真っ赤に染めながら怒鳴る。

怒声と騒音が廊下にまで響いていたのか、いつの間にか他のクラスの人たちや一階で授業をしていたのだろう上級生まで集まり、廊下は野次馬で溢れ返っていた。

今にも殴りかかろうとする私を、理緒たちをはじめクラスメイトが止める。それでも制御できなかった。行き場のない感情を暴言に変えて、ただ目の前に立っていただけの教師にぶつけ続けた。

「菜摘！」

呼ばれたのと腕を掴まれたのは同時だった。

振り向くと、ここにいるはずのない大ちゃんがいた。

今は、金曜日の三時間目じゃないのに。

「……大ちゃん、なんで」

大ちゃんはとても哀しそうな顔をしていた。

いつか大ちゃんが喧嘩をした時の私と同じ。

「おまえ……ちょっとやりすぎだろ。おいで」

大ちゃんは私の腕を掴んだまま駆け出した。

散々暴れたのに。誰の声も届かないくらい、なにも考えられないくらい、我を忘れていたのに。

たったひとりの声で、理性を取り戻せてしまった。

野次馬をかき分けて廊下に出ても大ちゃんは足を止めることなく、私は腕を引かれるがままについていった。昇降口を抜け、校門をくぐり、着いた場所はあの公園だった。

「この公園、クリスマス以来だな」

屋根のついたベンチに座ると、大ちゃんはさっきと違う明るい口調で言った。

「うん、そうだね」

「やっぱ寒いな」

大ちゃんは身震いをして、両手で腕をさすった。

数秒の沈黙を置いて、大ちゃんが静かに口を開いた。

「菜摘、どうした？……もしかして、彼氏とのこと？」

別れたことは大ちゃんも知っているのだと、今の言い方でなんとなくわかった。

私からは言っていなくとも、噂はどこまでも広がっている。植木くんは裏サイトを閲覧しているし、大ちゃんの耳に入るのは当然だ。私が叩かれまくっているのも知っているかもしれない。

「大ちゃんはなんであそこにいたの？」

質問に質問を返す。答えたくない時の、私の逃げる方法。

彼氏とのことも自分が叩かれていることも、好きな人と話したい内容ではない。

「駿が一階で授業しててさ。菜摘が暴れてるって電話来て。んで見に行ったら、ほんとに暴れてた」

「そうだったんだ」

「なんであんなことしたんだよ。教師と喧嘩したら停学だろ」

すぐさま話を戻されて怯んだ私は、膝に目線を落とした。

怒るわけでもなく、慰めるわけでもなく、大ちゃんは諭すように問いかける。

「おまえ、なんかおかしかったよ。彼氏できた頃からずっと。なにがあった？」

どうして誰も気付かなかった私の変化に気付いてくれるんだろう。どうしていつも、私が見つけてほしい、だけど誰にも言えないものを見つけてくれるんだろう。

「ちゃんと聞くから。言ってみ」

気付いてくれることは嬉しい。だけど、今回も言えそうにない。

だって、なんて言えばいい？

亮介のこと好きじゃないのに、騙《だま》しながら付き合ってたの。本当はずっと、大ちゃんが好きだったの。でも大ちゃんは振り向いてくれないじゃない。だから寂しさを紛らわせるために亮介を利用してたの。でも、自分の汚さを認めたくない。しょうがないよって、菜摘なりに頑張ってたんだよねって、菜摘は悪くないよって言ってほしい。

そんなことばかり考えてしまう自分が、嫌で嫌でしょうがないの。

だからお願い。私を責めないで――。

これが本音だ。言えるわけがない。最低だって軽蔑される。

大ちゃんにだけは、絶対に嫌われたくない。

「なんでもないよ。最近イライラしてて、先生と喧嘩してキレちゃっただけ」

「嘘つけって。俺に隠し事すんな」

そんなこと大ちゃんにだけは言われたくない。

なにも言ってくれないくせに。いつもはぐらかしてばかりのくせに。

訊いたらちゃんと答えてくれる？

訊きたいこと、たくさんたくさんあるんだよ。

ねえ、大ちゃんは——私のこと、本当はどう思ってるの？

「……また泣く。泣き虫」

繋いでいた手を離し、大ちゃんは私を抱きしめた。

私だって泣きたくなんかないのに、大ちゃんはまた私にとどめを刺す。

今は優しくしないでほしい。汚い自分を正当化してしまいたくなる。また被害者ぶりたくなる。

「泣くなって。大丈夫だから」

だったら、これ以上好きにさせないでほしい。

泣くなと言うなら教えてほしい。

涙を止める術を。気持ちを消す術を。強くなる術を。

お願いだから、教えてよ——。

泣いている間、大ちゃんはずっと抱きしめてくれていた。子供みたいにしゃくりあげる私の頭を、ずっと撫でてくれていた。やっと泣き止んだ私は恐る恐る顔を上げると、大ちゃんは「落ち着いた？」と言いながら、手で私の頬に残っている涙を拭った。

「うん、ちょっと落ち着いた」

「よかった。……てかおまえ、ひってえ顔。化粧崩れてる」

「え、うるさい」

茶化すように笑って私の頬を軽くつねり、するとよほど変な顔になったのか、いよいよ声を出して大笑いされた。最初は怒っていた私も、大ちゃんにつられて笑ってしまった。

ふたりで、馬鹿みたいに笑い転げた。

こんな風に笑えたのはいつ以来だろう。

「寒いし戻ろっか。おまえ停学だよ？」

「うん。私のこと連れ出して授業サボったから、大ちゃんも怒られるよ」

先に歩き出した大ちゃんの背中を追うと、大ちゃんはまるで当たり前みたいに左手を差し出した。私は迷うことなくその手を握った。

「あのね、大ちゃん」

「ん？」

「……ありがとう」

「どういたしまして」

そして、憑き物が落ちたように軽くなった足と心を学校へ運んだ。

私を捜し回っていたらしい先生たちに即刻確保され、校長室へ連れていかれて二週間の停学処分を告げられた。一週間くらいかなと予想していたのに、やはり教師との喧嘩は罪が重いらしい。

荷物を取りに教室に寄って、みんなに「お騒がせしました」と一礼してから昇降口へ向かった。

そこで待っていたのは、まさかの駿くんだった。まだ二時間目だし、授業はとっくに始まっているのに。

「駿くん、どうしたの？　サボり？」

「ちげえよ。今菜摘が喧嘩した先生の授業だから、自習」

私と駿くんの古文の担当は同じ先生で、その先生は今、職員室で事情聴取《じじょうちょうしゅ》もどきを受けている。

「あー……なるほど。もうすぐ受験なのにご迷惑をおかけして申し訳ないです」

「だるい授業なくなって助かったわ。てか、時間ある？　ちょっと話さない？」

駿くんに改めてこんなことを言われたのは初めてだ。

これまた意外すぎるお誘いに首をひねると、駿くんは「ちょっとだけだから」と言って床に座った。わかったと答えて私も隣に座る。

なんだろう。駿くんが私に話したいことなんてまったくなんにも見当がつかない。

ドキドキしながら構えていると、駿くんはひとつ息をついてから切り出した。

「俺さあ、好きな子いるんだよね」

なんだって私に急にそんなことを言うのかわからない。まさかのカミングアウトにありえないくらい声が裏返ってしまった。

「あ、そうなん……は？」

「そんな驚くことねえだろ」

「いやいや、驚くよ普通に。えっと……いつから？」

「わっかんね。気付いたら好きだった。けどたぶん、一年くらい前からかな」

知り合ってから、駿くんに彼女ができたと聞いたことがない。ということは、ずっと一途にその子だけを見てきたのだろうか。

純粋にすごいと思った。だって私は――。

「……告ったりしないの？」

「しねえよ。その子、他に好きな奴いるから」

「でも、告っちゃえばいいじゃん。うまくいくかもしれないし……」

「それはないな。男として見られてないだろうし。それにその子も、そいつのことずっと好きなんだよ。だからたぶん、一生叶わない」

自嘲気味に笑った駿くんを見て、自分はなんて無神経なんだろうと思った。単なる諦めではなく、きっとその子を一年間見てきた駿くんなりの結論だ。なのに私は自分の意見を押し付けてしまった。

駿くんと自分が重なって見えてしまった。

「あのさ。そこらにカップルなんか腐るほどいるけど、一番好きな相手と付き合ってる奴ってどれくらいいるんだろうな」

そんなこと、考えたこともなかった。

真っ直ぐに前を向いて、駿くんは続けた。

「それぞれいろんな経験して、いろんな想いがあってさ。言い方悪いかもしんねえけど、本当に……世界で一番好きな相手と付き合えてる奴なんて、そんなにいないんじゃないかな。俺もこれから先彼女ができたとしても、その子を忘れたかって訊かれたらたぶん忘れられないと思う。けど、それはべつに悪いことじゃなんだよな」

ああ、そうか。

駿くんの言いたいことが、なんとなくわかった。

「菜摘もそうだったんじゃない？」

生徒指導室の前で話した時にばれたのだと思っていたけれど、どうやら違ったらしい。

駿くんは、もっとずっと前から知っていたのだ。私が大ちゃんを好きなことも、大ちゃんを好きなまま亮介と付き合っていたことも。

「いつから気付いてたの？」

「初めて植木んちで五人で遊んだ時かな」

「それ一年も前じゃん」

まさかそんなに前からばれていたとは。

私が鈍感なのか、駿くんのポーカーフェイスが完璧だったのか。

「私ってそんなにわかりやすい？」

「俺と話してる時と山岸と話してる時、顔が全然違う。輝いてるな」

いつか亮介にも、顔が明るかったって言われたっけ。

隠せている気になっていた自分がちょっと恥ずかしい。

「山岸もだよ。たぶん」

「え？　大ちゃんもってどういう……」

「山岸って他人に興味ないだろ？」

知っていたのか。

いや、そんなの当たり前だ。大ちゃんとの付き合いは、私より駿くんの方が断然長いのだから。

「俺、菜摘と知り合う前から菜摘のこと知ってたよ。名前だけだけど」

脈絡がない気がして理解が追いつかない。

知り合う前、という言葉だけ拾って当時の記憶をたぐり寄せてみる。

——ナツミちゃん、だよね？

そういえば駿くんは、初対面の時に迷わず私の名前を呼んだ。思い返してみても、私は自己紹介なんてしていないのに。

「初めて会った時、私のこと知ってたのって……」

「山岸に聞いてたから。初めて見た時ピンときたんだよ。この子がナツミかなって」

「そうだったんだ」

「山岸が他人の名前連発するなんて初めてだったよ。ナツミがナツミがって、楽しそうに話してくるんだ」

頭の中で駿くんの話が全部繋がった瞬間、視界がぐわりと歪んだ。私は自意識過剰だから、続く台詞がわかってしまう。

大ちゃんと出会ってからめっきり涙腺が弱くなってしまった私は、泣かずにいられるだろうか。

「だから……山岸はその〝ナツミ〟が好きなんだと思ってた」

嘘だ。そんなの嘘。だって、大ちゃんは。

「でも、大ちゃんは……今の彼女と付き合ったじゃん」

「あいつ真理恵に告られた時、一回断ってるよ。気になる子がいる、って。真理恵がそれでもいいって言ったんだよ」

だからって〝気になる子〟が私だとは限らない。それに今さらそんなことを聞かされたってなにかが変わるわけじゃない。大ちゃんは結局付き合って、私を振って、今でも彼女と付き合っている。それが事実だ。

ちゃんとわかっているのに。

どうしても、私は嬉しかった。

ほんの少しでも、私たちは両想いだったのだろうか。

お互いを想い合っていた期間が、ほんの一瞬でも、あったのだろうか。

「あいつ、いっつも余裕ぶってんのに、菜摘にだけは熱くなるよ。体育祭の時も、クリスマスの時も、さっきも。菜摘になんかあったら、あいつ飛んでくじゃん」

私は目に溜まった涙がこぼれないよう必死で、口を結んだまま駿くんをじっと見つめることしかできない。

「あいつが唯一必死になんのは、菜摘のことだけ」

体が動かない。駿くんから目を離せない。

「なあ、そんだけ山岸のこと見てたらわかんねえ？　ほんとはわかってんだろ？　あいつが唯一人間らしくなんのは……菜摘といる時だけなんだよ」

わからないよ、そんなの。

だって、大ちゃんは。

「でも……大ちゃんは彼女いるじゃん。私振られたんだよ。ちゃんと告って、でも振られたのっ」

なぜか無性に悔しくて、どこか惨めで、またぐちゃぐちゃになった感情を今度は駿くんにぶつけた。

「私、ずっとずっと頑張ってたんだよ。私なりに頑張ってたんだよ。でも大ちゃんは振り向いてくれなかった！」

また八つ当たりをしている。私は人のせいにしてばかりだ。

駿くんはなにも悪くないのに。

必死に、私になにかを伝えようとしてくれているのに。

「あいつもさ、たぶんいろいろあるんだよ。言ってくんないけど」

いろいろってなに？　なにが言いたいの？　私になにを伝えようとしてるの？

はっきり言ってくれなきゃわからないよ。

「引き留めてごめんな。……じゃあ、気を付けて帰れよ」

これ以上混乱させないでよ。

それを聞いて、私にどうしろっていうの。

停学が明ける頃には二月に突入していた。大ちゃんたち三年生は自宅学習という名の春休みだから、卒業式まで登校しない。三年生のいない校舎《こうしゃ》は静まり返っていて、その静けさが、これからの別れを示唆しているようだった。

一年なんてあっという間。

ついに大ちゃんが卒業する日が――また離れる日が来てしまった。

うちの高校は生徒数が多いから、各クラスの代表者が卒業証書をまとめて受け取っていた。

理緒は彼氏が卒業だから私の隣で大号泣していた。かくいう私も死ぬほど我慢していた。大ちゃんがクラスの代表者じゃなくてよかった。檀上で卒業証書を受け取る姿を見てしまったら、たぶん私も理緒に負けないくらい大号泣していただろう。

卒業生が退場し、卒業式が終わる。四人で昇降口へ向かうと、卒業生たちはそれぞれ別れを惜しむように抱き合ったりじゃれ合ったりしていた。

大混雑していて、もはや誰が誰だかわからない。

でも、私の得意技。大ちゃん捜し。

すぐに見つけた私は大ちゃんのもとへ走った。

「卒業おめでと！」

後ろから体当たりをすると、大ちゃんはバランスを崩して転びかけた。体勢を立て直した大ちゃんに「危ねえよ」と軽くチョップをされた。

「どうした？　見送ってくれるの？」

「うん。だって今日で――」

最後だし、と言いかけた時、大ちゃんの手に握られている賞状筒が目に入った。こうして話せることはなくなるのだと実感が湧いてしまう。

ああもう、私なんで停学なんかになっちゃったんだろう。一日でも長く大ちゃんと一緒に過ごしたかったのに。ていうかせっかく同じ高校に入れたのに、なんだか無駄に避けたりすれ違ったりしてばかりだった。

私はなんてもったいないことをしてしまったんだろう。

受験勉強あんなに頑張ったのに、ほんとなにしてたんだろう、私。

「おまえなにその顔。寂しいの？」

薄々気付いていたけれど、どうやら私は自分で思っているよりポーカーフェイスがうまくない……というか、めちゃめちゃ顔に出るらしい。

「だって……もう会えないかもしれないし。大ちゃん就職だもんね」

大ちゃんの会社は夜勤が多いらしかった。学校がある私とは真逆の生活だ。

「もう会えないかもかあ。……菜摘、ちょっと話そっか」

「え？　あ、うん」

大ちゃんと一緒に校内へ戻る。けっこう人が残っていたから、ひとけのない場所を探しているうちに、屋上へ繋がる階段にたどり着いた。

「このあと予定ないの？」

「駿たちと卒業パーティーするけど、夜だからまだまだ時間あるよ」

「そっか」

よかった。ゆっくり話せるんだ。

終わったことをいくら嘆いたって時間は戻らないのだから、少しでも後悔を減らせるように、今日たくさん話せばいい。そう切り替えて、大ちゃんの隣に座った。

「俺、ずっと菜摘に言いそびれてたことあるんだけど」

今さらだけど、と付け足した大ちゃんに、戸惑いながら「なに？」と答える。

なんだろう。改めて言われるとちょっと緊張する。

「前に俺、菜摘のことシカトした時あったじゃん」

大ちゃんが気まずそうに頭をかいた。

私が高校に入る前のことだろうか。たぶんそれしかない。

「あの時さ、彼女が毎日家まで来てスマホチェックされてたんだよ。で、また会ったらそいつシメるとか言われて」

彼女やっぱりヤンキーなの？

「そ、そうだったんだ」

「落ち着いたら菜摘に連絡しなきゃなって思ってたんだけど、その直後にスマホが壊れたっていう。……ずっと謝りたかったんだ。ほんとごめんね」

　大ちゃん、覚えてたんだ。

　高校で再会してから、大ちゃんはそのことに一切触れなかった。だから気にも留めていないか忘れているのだと思って、私も忘れているふりをして、一度も口に出さなかったのに。

　音信不通になった時のことを思い出すと、今でも胸が痛む。

　だけど大ちゃんは、こうしてまた私に笑いかけてくれている。

　他人に無関心な大ちゃんが、私のことを気にしてくれていた。

「謝らなくていいよ。もう一年も前だし」

「ありがと。おまえやっぱいい奴だな！」

　無邪気に笑った大ちゃんは、出会った日と同じように私の頭をくしゃくしゃと撫でた。

　大ちゃんは本当に変わらない。もはや憎たらしいくらいにあの頃のままだ。

　もうやめよう。無理に諦めようとするのも、他の人に逃げるのも。

　私は大ちゃんが好き。どんなに苦しくても、どうしても好きなんだ。

　この気持ちを大切にしたいと、初めて思えた。

それから私たちは、時間を忘れてたくさん話した。すれ違っていた日々の穴を埋めることは不可能だろう。大ちゃんとは何時間話しても話が尽きない。どれだけ話しても足りない。とてもたったの数時間で埋められる程度の穴ではないのだ。

それでも、今日こうして話せたことで、大ちゃんと過ごした一年間の記憶はよりかけがえのないものにできた。

話している最中、何度頭をよぎっただろう。何度言いかけただろう。

――私ね、大ちゃんが好きだよ。

もう簡単には会えなくなるのだから、言うなら今だった。だけど言えなかった。私を堰き止めていたのは、一度振られているという事実だった。

これは言い訳だろうか。

告白をするのが初めてだったら言えたかもしれない。やらずに後悔するならやって後悔した方がましだと、私は身をもって痛感したのだ。成功するしないは別として、もっと早く告白すればよかったと何度悔やんできたかわからない。

だけど、大ちゃんの口から二度も『ごめん』と言われてもなお立ち直る自信はさすがになかった。私に彼氏がいなくなったって大ちゃんには彼女がいるのだから、ほしい返事はきっともらえない。実る確率はほぼゼロだろう。

たとえ振られても気持ちを伝えたという達成感と、二度も振られたことで受けるだろう絶大なダメージを天秤にかけたら、後者に大きく傾いてしまった。なにより、せっかく楽しい時間を過ごせているのに、空気をぶち壊して気まずくなったまま離れるのは絶対に嫌だ。

お互い笑顔のままで、一緒に過ごせる高校生活最後の日を終えたかった。

「やっぱおまえといたら楽しいわ」

私の葛藤を知るはずもない大ちゃんは、平気でそんなことを言う。平気で私に触れる。

そのたびに私は嬉しくて、もしかしたらと期待して、寂しくて、泣きたくなるのに。

やっぱ大ちゃんのこと好きだわ、と、口に出せない台詞を心の中で返した。

話に夢中になっているうちに、外はすっかり暗くなっていた。

お別れの時間が、迫っていた。

「もう帰ろっか。夜みんなでパーティーなんでしょ？」

「だな。そろそろ行かないと」

まだ離れたくないに決まっていた。

だけど、大ちゃんには高校生活最後の日を目いっぱい楽しんでほしい。私にとって大ちゃんと過ごした一年間がかけがえのないものになった以上に、大ちゃんにとっての高校生活が、かけがえのない思い出になってくれたらいい。

立ち上がり、どちらからともなく向かい合った。

「じゃあ、またね」

優しく微笑んで私の頭を撫でる。

この言葉以上に嬉しいものはない。だけど今回ばかりは素直に喜べない。

「また会えるかわかんないよ」

前は〝同じ高校に行けば会える〟という目標があったけれど、今度こそ本当に離れ離れだ。

環境が大きく変わる。いつ会えるかわからない。

もしかしたら、本当にもう会えないかもしれない。

「たぶん会えるよ。そんな気がする」

「……うん。大ちゃんがそう言うなら会えるかな」

顔を見合わせて笑い合う。

歩き出そうとした時、大ちゃんが私を抱きしめた。

「なんかすげぇ変な感じじゃない？　今まで普通に会ってたのに」

「ほんとだね。……もしかして、大ちゃんも寂しいの？」

「んー……うん。なんか……寂しいとか思ったの初めてかも」

馬鹿か、とか返ってくるか、はぐらかされるかと思ったのに。

寂しいのは私だけじゃなかったんだ。

大ちゃんの腕に、力がこもった。

「彼女に怒られるよ」

このまま離さないでほしい。

「見られてねえもん」

ずっとずっと、抱きしめていてほしい。

「やっぱチャラ男じゃん」

「懐かしいな、それ」

大ちゃんと初めて会った日のことも、再会した日のことも、初めてたくさん話した日のことも。

覚えている。全部全部、私の記憶に強く刻まれている。

「ずっと思ってたんだけど、香水つけてる？」

「うん」

「だよな。この匂い、甘くて落ち着く」

大ちゃんは出会った頃から変わらない、ほんのり甘い香り。私の大好きな香り。

少しの沈黙ののち、大ちゃんの腕がゆっくりと離れた。

お別れの時間が、来てしまった。

「じゃあ、またね」

離れたくない。離れたくないよ。

「うん……またね」

大ちゃんはもう一度私の頭を撫でると、「帰ろっか」と微笑んだ。

ねえ、大ちゃん。

また会えるよね……?

第五章　ひとときのしあわせ

いつか初めて君と手を繋いだ時から
最後に手を繋いだ時まで　いろんなことがあったね
きっと私も君も　いろんな想いを抱えて　それでも必死に歩いていた

手を繋いで　離して　また繋いで　離して
何度も何度も繰り返したね
たとえ離れてもいい　また君と会えるなら
また手を繋げるのなら　それだけでよかった

きっと私も君も　いろんなことが変わっていったね
だけど　ひとつだけ変わらなかったことがあるよ
君のことが　大好きだということ

◇　◇　◇

大ちゃんが卒業してから三か月が経った。会ってはいないけれど、たまに連絡を取っている。毎日仕事に追われながらも頑張っているみたいだった。

彼女と続いてはいるものの、お互い仕事の時間帯が合わないからあまり会っていないと言っていた。入社したばかりだし次期社長なわけだから、きっと私の想像を絶するほど大変なのだろう。

雪国の遅い桜が咲く頃には裏サイトもやっと流行を終え、平穏な日々が戻っていた。

十七歳の誕生日を迎えた私は、友達とカラオケで遊んで夜が更けてきた頃に解散した。私だけみんなと方向が違うから、お店の前で別れた。カラオケから家までは徒歩二十分程度だけれど、この町はとても治安がいいとは言えないから、なるべく明るい道を通るよう気を付けながら家路を急いだ。

もう少しで家に着く時、

「こんな夜中にひとり？」

声をかけてきたのは、二十代前半くらいの男だった。見たこともない、知らない男。

「家まで送ってあげる！」

アルコールの匂いを漂わせながら、煙草の煙を荒く吐いた。

「家すぐそこだから、いいです」

なるべく目を合わさないよう俯いて歩き出そうとすると、

「いいじゃん。遊ぼうよ」

腕を掴まれて引き寄せられた。

気持ち悪い……。

「離して！」

男の腕を振りほどくと、再び腕を掴まれて、今度は壁に押し付けられた。

「気ぃ強くね？　男舐めないほうがいいよ」

怖い。どうしよう。逃げなきゃ。逃げなきゃ。

「——てえっ！」

私は無我夢中で男の膝を思いきり蹴り上げた。男が怯んでいる隙に腕を振りほどき、全速力で走った。すぐ近くのコンビニへ駆け込んで雑誌コーナーの前にしゃがむ。たった数分走っただけなのに息が上がって苦しい。全身から汗が噴き出している。

早く家に帰りたい。でも、まだあいつがいたらどうしよう。いつまでいるんだろう。どうやって帰ればいいんだろう。

——誰か、来てくれないだろうか。

考えてすぐに、その人の顔が浮かんだ。

去年のクリスマスと同じだ。私が求めているのは〝誰か〟じゃない。なにかあった時に一番に浮かぶのは、ずっとずっとひとりだけだった。

欲求のままに名前を表示し、震える指先で受話器のマークをタップした。呼び出し音が数回鳴っても出ない。今の私には果てしなく感じる。夜勤が多いと言っていたし、仕事中だろうか。

諦めて切ろうとした時、

『もしもし？　菜摘？』

声が聞こえた瞬間、じわ、と目に涙が浮かんだ。

「大ちゃん、怖い、助けて……」

『はっ？　意味わかんねえよ！　今どこ!?』

「家の近くの……えっと、コンビニ……」

『待ってろ！』

一方的に電話を切られて、思わずぽかんとしてしまう。

待ってろって、まだコンビニとしか言っていないのに。

私の家から近いコンビニはいくつかある。そもそも私の家を覚えているのだろうか。

大ちゃんに家まで送ってもらったのは二回だけだ。一回目は一年も前だし、二回目だって半年も前。私ならきっと忘れてしまう。

だけど――きっと、大ちゃんは来てくれる。

クリスマスの日も、大ちゃんは少ないキーワードで私を見つけてくれた。

だから私は、大ちゃんは必ず来てくれると信じられた。

「大ちゃん……」

いつかのように、少しだけ熱くなったスマホを強く握りしめながら、大ちゃんが来てくれるのを待っていた。

ちらちら外を覗いていると、コンビニの駐車場に黒い乗用車が止まった。ガラス越しに顔が見えた瞬間、私は急いでコンビニを出た。

運転席の窓が開く。

「菜摘」

顔を覗かせた大ちゃんは、私の名前を呼んで優しく微笑んだ。

私の家、覚えていてくれたんだ。

「とりあえず乗れよ」

「……うん」

三か月ぶりの再会だった。

助手席に座ると、私を匿《かくま》ってくれたコンビニへのお礼も兼ねて買っていたコーラを大ちゃんに渡した。

「来てくれてありがとう」

「どういたしまして。てか久しぶりだな。元気してた?」

「元気だよ。大ちゃん、車買ったんだね」

「会社までちょっと距離あるしね」

「そうだ、仕事は？」

来てくれたことに安心して、すっかり忘れていた。

焦る私をよそに、大ちゃんはのん気に笑う。

「ちょうど終わった時に電話来たんだよ。ナイスタイミング」

「ごめんね。仕事で疲れてるのに」

「なんで謝んの？　俺ちょうど菜摘に会いたいなーって思ってたんだよ」

大ちゃんはにっこり微笑むと、私の頭をくしゃくしゃと撫でた。

久しぶりの感覚。本当に会えたんだ。本当に大ちゃんなんだ――。

「なに笑ってんだよ。俺に会えて嬉しいの？」

「うん、嬉しい」

「そっか。俺も嬉しい」

卒業式の日といい今日といい、大ちゃんってこういうこと言う人だっただろうか。

顔がふにゃけるからやめてほしい。

軽くドライブをすることになり、大ちゃんはしばらく車を走らせてから切り出した。

「さっきどうした？　おまえまた助けてって言ったろ」

ドキッとする。今でもクリスマスのことを覚えていたんだ。

「黙りこくるのはもうなしな。俺、言いたくないなら言わなくていいとか言うほど優しくないから」

先手を取られてしまった。これでもう、黙りこくることも質問に質問を返すこともできない。

「ううん。大ちゃんは、優しいよ」

どうした？って必ず訊くけれど、少し強引に言わせようとするけれど、最後はなにも言わずに抱きしめてくれた。私は、何度も何度も大ちゃんに救われた。

だから、今日こそはちゃんと話さなければいけない。

「……あのね」

あれ。どうして手が震えるんだろう。

亮介の時とは違う。べつに襲われたわけじゃないのに。ちゃんと逃げ切れたのに。

震える体を手でさすりながら、さっきの出来事を話した。

私がたどたどしく話している間、大ちゃんは無言のまま運転していた。

なんだか空気が重くなってしまったから、以上です、と冗談っぽく軽快に締めてみたのに、大ちゃんはくすりとも笑ってくれない。むしろ怒っているように見える。初めて見た表情にうろたえてしまう。

「なんで夜中に女がひとりで歩くんだよ馬鹿」

やっぱり怒っている。

「え……べつに大丈夫かなって……」

「大丈夫じゃねえよ。おまえほんとそういうとこある」

「え……だって、家まで近かったし……」

「そういう問題じゃねえだろ。菜摘は女なんだよ。気を付けろよ」

心配……してくれているのだろうか。心配だから、怒ってくれているのだろうか。

──俺は男、菜摘は女。

いつかの台詞を思い出した。

そうだ。大ちゃんはいつだって私を女の子扱いしてくれて、心配してくれていた。

「……ごめんなさい」

素直に謝ると、大ちゃんはいつも通り「素直でよろしい」と微笑んでくれた。

適当に走らせていると思っていたのに、着いたのは地元から車で一時間くらいの場所にある夜景スポットだった。車を降りて、頂上へ歩いていく。

「すごいすごい！　めっちゃ綺麗！」

夜景を見るのは久しぶりで、というか大ちゃんとデートみたいなことをしているのが夢みたいで、私は子供みたいにはしゃいだ。

「うるせぇよ。さっきまで泣いてたくせに」

「泣いてないよ」

言い返すと、大ちゃんは突然黙り込んだ。今日の大ちゃんはちょっと忙しい。あと、ちょっと様子がおかしい気もする。

「どうしたの？」

話しかけても無反応で、なにやら考え事をしているように見える。

「大ちゃん、帰りたいの？　帰る？」

つまらないのだろうか。もしかして、私がなにかしてしまったのだろうか。

不安に煽られて、つい詰め寄ってしまう。

「いや、そうじゃないよ。あのさ……」

「うん。なに？」

やっと反応してくれた大ちゃんは、真顔で私の髪に触れた。

そして次に聞いたのは、私の不安とはまるで正反対の言葉だった。

「俺、菜摘のこと好きだよ」

今度は私が黙り込む番だった。

今なんて言った……？

「おまえなんつー顔してんの？」

私の頬を軽くつねりながら、大ちゃんは悪戯っぽく笑った。

ああ、なんだ。友達としてってことか。混乱していた頭が一気に冴える。

「ありがと。友達としてってことだよね？」

「ちげえよ。好きは好きでも、なんていうか……愛してるの方？　女として好き」

また黙り込んでしまった。

とてもすぐに理解できるような状況じゃなかった。

頭がついていかなくて、真っ白で、信じられなくて、体が小刻みに震える。

「……え？」

愛してる、って、言われた気がする。

いや、そんなはずない。私の聞き間違いに決まっている。聞き間違いじゃなかったとしても、冗談に決まっている。

「え……ちょっと、待って。なに言ってるの？　冗談にしても質悪すぎるよ」

「冗談なわけないだろ」

わかっている。大ちゃんは冗談でこんなことを言う人じゃない。

だけど、あっさり信じられるわけがなかった。

私たちの距離は、出会った頃からずっと変わらなかった。どんなに手を伸ばしても届かなかった。届きそうだと思った途端、いとも簡単に離れていった。追いかけても

追いかけても、決して振り向いてくれなかった。

この二年間、ずっとそうだったのだから。

――あいつ真理恵に告られた時、一回断ってるよ。気になる子がいる、って。

――ナツミがナツミがって、楽しそうに話してくるんだ。

――山岸はその〝ナツミ〟が好きなんだと思ってた。

そんなのあくまで駿くんの推測でしかない。思ってた、ということは、大ちゃんの口から直接聞いたわけじゃないということだ。たとえ本当に私を好きでいてくれた瞬間があったのだとしても、それは過去だ。

だって、大ちゃんは。

「でも……彼女いるじゃん……」

大ちゃんは私から目を逸らさなかった。

見たことがないくらい真剣な眼差しで私を見ていた。

「彼女は……言い訳がましいかもしんないけど、どっちにしろもう別れるつもりだったから」

――あいつっつも余裕ぶってんのに、菜摘にだけは熱くなるよ。

――あいつが唯一必死になんのは、菜摘のことだけ。

――あいつが唯一人間らしくなんのは……菜摘といる時だけなんだよ。

駿くんの言葉が脳裏を駆け巡る。

私が泣けば、大ちゃんはいつだって駆けつけてくれた。包み込んで、笑って、マイナスな感情を全部吹き飛ばしてくれた。

どんどん離れていくと思っていた私たちの距離は、少しずつでも、ほんの少しずつでも、近付いていたのだろうか。

「菜摘が好きだよ」

私、夢でも見てるのかな。もしかして、今日のことは全部夢なのかな。

菜摘が好きだよって、ずっとずっと、大ちゃんから聞きたかった。

ずっとずっと、そう言ってくれる日を夢見ていた。

「なんで泣くんだよ。泣き虫」

「泣くなよこんなの……」

「だからなんでだよ。菜摘は？　俺のこと好き？」

絶対に人前で泣かないという心の誓いは、とっくに壊れていた。

どうして大ちゃんといる時は涙を堪えられないんだろう。

「ずっとずっと、好きだったよ」

これは、夢じゃない。大ちゃんは今、確かに目の前にいる。

大ちゃんの香りも、笑顔も、ぬくもりも、確かにここにある。

「俺……彼女とは別れるから。待っててくれる?」

声にならない声で、何度も何度も頷いた。

泣きじゃくる私を見て、大ちゃんは困ったように笑いながら私の頭を撫でる。落ち着かせるつもりでそうしてくれているのだろうけど、逆効果だということを大ちゃんは未だに知らない。

大ちゃんに触れられると、優しくされると、余計に涙が止まらなくなるのに。

「あ。言うの忘れてた」

「なに?」

「誕生日おめでと」

大ちゃんは私を泣き止ませる気があるのだろうか。

「だから泣くなって」と笑いながら私をぎゅっと抱きしめて、落ち着くまで背中をさすってくれた。

幸せだった。

今まで生きてきた中で、この瞬間が一番幸せだと思った。

これ以上の幸せなんか存在しないと思った。

嬉しすぎて、幸せすぎて、それ以外の感情なんて、なにもなかった。

私は世界で一番幸せだと、本気でそう思った。

少し落ち着きを取り戻して顔を上げると、大ちゃんは手で私の涙を拭った。

離すことなく、大きな手で頬を包まれる。

ゆっくりと、顔が近付いてくる。

——彼女と別れたら付き合う。

目の前の幸せに溺れて最低な約束をした私は、そっと目を閉じた。


大ちゃんとは毎日連絡を取るようになった。今までとは違って、口実なんか作らなくても連絡を取り合えることが嬉しかった。

次に会ったのは一週間後、大ちゃんの仕事が終わった深夜だった。

家まで迎えに来てくれた大ちゃんの車に飛び込む。

「大ちゃん、久しぶり」

「久しぶり。こんな時間でごめんね」

「ううん、大丈夫」

大ちゃんはにっこり笑って、私の頭をくしゃくしゃと撫でた。何度も何度も同じことをされているのに、今までとは比べものにならないくらいの幸せを感じる。

ただひとつだけ気になっていることがある。

大ちゃんは、まだ彼女と別れていない。

二年も付き合っているのだから、簡単には別れられないのかもしれない。昨日今日ですぐに彼女になれるなんて思っていない。それくらいの覚悟はしている。だから急かすことはしなかった。

「菜摘、どこ行きたい？」

「んー、カラオケ？」

「こんな時間から？　てかおまえ入れる？」

すでに二時を過ぎている。言わずもがな高校生が入れる時間ではない。

「大ちゃんは行きたいとこある？」

「あー……嫌ならいいからね」

「え？　どこ？」

「ホテル、行く？」

あまりにもストレートすぎて、え、と反射的に声が漏れる。

だけど私はそこまで驚いていなかった。

好きだと言ってくれた時から、いつかそういう日が来るとは思っていた。さすがに今日さっそく言われるとは思っていなかったにしろ、大ちゃんとそうなることを望んでいた。

「嫌ならいいよ。ほんとに」

嫌じゃない。嫌なわけがない。

だけど、頭に浮かんでいる台詞を言わなければいけない。まだ彼女と別れてないじゃんって、私は言わなければいけない。なのに、喉につっかえて出てこない。

違う。出てこないのではなく、言いたくないのだ。

「……ううん。行く」

私の返事を聞いた大ちゃんは、車を発進させた。ホテルに着くまで、私たちはひと言も交わさなかった。大ちゃんといるのに静まり返っているなんて初めてだった。

まだ大ちゃんには彼女がいる。今ここで体を許せば、私はまた――いや、前以上に、正真正銘の浮気相手になってしまう。そんなこと、頭ではちゃんとわかっていた。だけど、体でもいい。なんでもいいから、大ちゃんと繋がっていたい。そうでもしなければ、日に日に募る不安をごまかすことができそうにない。

本当に別れるのかな。もしかして、このまま終わるんじゃないだろうか、と。

不安になるのは当たり前だった。

出会ってから二年間、大ちゃんにはずっと彼女がいて、ずっと片想いで、こうなることはほとんど諦めていたのだから。時間が経てば経つほど、好きだと言ってくれたことは夢なんじゃないかと思ってしまうのだから。

ホテルに着いても無言のまま部屋に入った。

前を歩いている大ちゃんは、一度だけ振り向いて私がついてきているか確認すると、ふたりがけのオレンジ色のソファーに腰かけた。私もどぎまぎしながら大ちゃんの隣に座る。

沈黙に耐えられなかったのか、あるいは手持無沙汰になったのか、大ちゃんがテレビをつけた。

すると、大画面に裸で絡み合う男女の姿が映った。

「――ちょ、やばい。これはだめだな」

慌ててテレビを消した大ちゃんは、私以上にどぎまぎして顔を赤らめた。

未だかつて見たことがないほど慌てふためく大ちゃんに、つい噴き出してしまう。

可笑しくて、ちょっと可愛い。ベタな展開だなあ、なんて思った。

「大ちゃん、ここどこだかわかってる？」

「わかってるけど……うわーやべえ、緊張してきた」

「え、自分がこんなとこ誘ったんじゃん」

「そうだけど……おまえとか緊張すんだよ！」

だから、誘ったのは大ちゃんじゃん。

少し呆れつつ、緊張しているのが私だけじゃないことも、初めてどぎまぎしている大ちゃんを見たことも、ちょっと嬉しかった。大ちゃんのどんな一面を見ても、それがどんなに小さなことでも、やっぱり好きだなあと思う。

「大ちゃん」

「はい」

「あのね、……大好き」

きょとんとしている大ちゃんに、初めて私から抱きついた。この二年間で、初めて。

私はいつも大ちゃんから来てくれるのを待っているだけだったのだと、今さら気付いた。

語尾が震えた。

「俺も好きだよ」

今度は私からキスをした。唇を離すと、大ちゃんは優しく微笑んで私の髪に触れた。

頭を撫でられるのは好き。髪に触れられると、愛おしくてどうしようもなくなる。

「おいで」

ソファーから立ち上がった大ちゃんは、私に左手を差し出した。右手を重ねて私も立ち上がり、ベッドに座った。

静寂に包まれる。お互いをじっと見つめ合う。

どう考えてもいい雰囲気なのに、大ちゃんは私の頬を軽くつねった。

「なんかおまえ相手だと雰囲気出ねえな」

「は？」

緊張するって言ってたくせに。

「馬鹿」

「冗談だよ。……あのさ」

大ちゃんが急に真剣な顔をしたから、いよいよかと思わず身構える。

「チューしていい？」

なにを今さら。

突っ込んだらまた雰囲気出ないだのと文句を言われそうだから、「うん」とだけ答えた。

「おまえ可愛いな。……エッチする？」

「もうちょっと……空気読んでくれないかな……」

一向に事が運ばない。

大ちゃんが何度も雰囲気をぶち壊してくれるおかげで、車内では破裂寸前だった私の心臓は通常運転に戻っていた。無駄に緊張しなくて済むのはありがたいけれど、さすがにこういう時くらいは多少緊張感がほしい。

「いちいち訊かないでよ馬鹿」

「いや、だってさ。……ほんとにいいの？」

ためらうように、私の頬にそっと手を当てた。

「うん」

大ちゃんが安堵したように微笑んだのを合図に、ゆっくりと目を閉じた。

虚しい行為かもしれない。これは浮気でしかないのだから。

わかっているのに、大ちゃんの冷たい手も、名前を呼ぶ優しい声も、切ない表情も、すべてが愛しくて、恋人になれたような錯覚《さっかく》を覚えた。大ちゃんの腕の中には幸せしかなかった。彼女への罪悪感や罪の意識なんて、これっぽっちもなかった。

大ちゃんといるだけで心が満たされる。自然体でいられるような、完全体でいられるような、そんな感覚になる。私の居場所は大ちゃんの隣だと思える。

これが罪だというのなら、たとえ天罰が下ったってかまわない。

大ちゃんといられるなら、なんだって耐えられる。

だから——離れたくない。離したくない。

ずっとずっと、大ちゃんのそばにいたい。

大ちゃんの腕に包まれながら、私は幸せの余韻に浸《ひた》っていた。

「こないだ知ったんだけどね、私の誕生花ラベンダーなんだって」

大ちゃんと話すのは、いつもこんななんでもない話ばかりだった。

それでも大ちゃんは、ちゃんと答えてくれる。

「そうなの？　じゃあ夏になったらラベンダー畑でも連れてってやるよ」

「ほんと？」

「ちょっと遠いけど大丈夫？」

「うん！　行きたい！」

未来を示す言葉をくれたことが嬉しかった。

「いつ頃が一番綺麗なの？」

「たぶん七月の半ばくらい」

一か月後、か。

「そっか。楽しみにしてるね」

こんな小さな約束がどれだけ嬉しいか、大ちゃんはきっと知らない。

その頃まで、一緒にいられる？

その頃には、彼女になってる？

この恋に未来があるって、信じてもいい？

＊

大ちゃんが彼女と別れることのないまま、中途半端な関係は続いていた。

【次いつ会える？　話したいことがあるんだけど】

そうメッセージを送ったのは、由貴からある話を聞いたからだ。植木くんや駿くんや、高校時代の友達数人で開催されたミニ同窓会に、大ちゃんの彼女も来ていたらしかった。

大ちゃんとのことを、私はみんなに話していない。話せなかった。いくら大ちゃんが好きだと言ってくれても、現状はただの浮気相手でしかないのだ。だから由貴はただ植木くんから聞いたことをそのまま私に単なる世間話として言っただけ。私はおそらく歪《いびつ》な笑顔を張りつけながら『そうなんだ』としか返せなかった。

別れるつもりなら、友達と集まる場にわざわざ連れていったりしないだろう。

待ってて、って言ったくせに。だから私、待っていたのに。

【ごめん、まだわかんない。最近ちょっと仕事忙しくて】

避けられていると直感するには充分すぎた。

——ただのチャラ男だったたってこと？

最悪なタイミングで、ずっと忘れていた伊織の声が鼓膜に響いた。

【彼女と別れないの?】

初めての詮索《せんさく》をする。

大ちゃんから彼女と別れたと言われるまで、自分からはなにも言わないつもりだった。なのに訊いてしまったのは、なんとなく答えがわかっているからかもしれない。

【ごめん。いろいろあってなかなか別れられないんだ】

予想通りなのに、それでも私はショックを受けた。

いろいろってなに? またなにも教えてくれないの?

今度こそ近付けたと思ったのに、またそうやって突き放すの?

そんなの今までと変わらない。

【ちゃんと会って話したい。時間作れない?】

【電話で話せない? たぶんもう会えないと思うから】

なんで、と思わずひとりごちる。

意味がわからない。急にそんなことを言われても納得できるわけがない。

【なんで会えないの?】

【ごめん。ほんと忙しいから、時間ないんだ】

嘘つき。会えないのは忙しいからじゃないじゃん。どんなに忙しくても会いに来てくれたじゃん。

痺れを切らして電話をかけても、大ちゃんは出てくれなかった。メッセージが来ることもなかった。スマホを置いて、ぼんやりとなにもないところを見つめた。涙は出なかった。

ああ、そうか。

大ちゃんは彼女と別れない。私の嫌な予感はよく当たるのだ。

駿くんが言っていたことは、やっぱり単なる推測でしかなかったんだ。本当にずっと前から私のことを好きでいてくれたなら、とっくに彼女と別れていたはずだ。他に好きな子がいるのに、私の気持ちなんてただ洩れだったはずなのに、別れない理由があるだろうか。どうしてこんな簡単なことに気付かなかったんだろう。あまりにも、幸せに溺れすぎていた。

好きだと言ってくれたのは嘘だったのだろうか。彼女とあまり会えていないと言っていたし、まさかただの暇つぶしだったのだろうか。私はもう用無しなのだろうか。

そんなこと、大ちゃんに対して思いたくないのに。

もう、終わりなのかな。こんなので納得できるほど簡単な気持ちじゃないのに。

どうせ終わるなら、ちゃんと会って話したい。私のことが好きじゃないなら、全部嘘だったなら、はっきりとそう言ってほしい。そしたら今度こそ幻滅して、いい加減諦めがつくかもしれないのに。

いつだって、大ちゃんはずるい。

大ちゃんからの連絡がないまま、私から連絡することもできないまま二週間が過ぎた。往生際の悪い私は毎日スマホが鳴るたびに期待して、表示されない名前に落胆していた。

やっと大ちゃんからメッセージが届いたのは、理緒の家に四人で集まっていた時だった。

「菜摘、どうしたの？　スマホ鳴ってるよ？」

麻衣子が私の顔を覗き込む。

「うん……」

大ちゃんの名前が、スマホの画面に表示されている。

この二週間ずっと待ち続けていた大ちゃんからのメッセージなのに、私はすぐに開くことができなかった。

なんだろう。なんて書いてあるんだろう。

ドクンドクンと激しく鳴る胸に手を当てながら、恐る恐るメッセージを開いた。

【彼女と別れた】

え、と、声が漏れた。

なに、これ。

彼女と別れた。大ちゃんが、彼女と別れた。

なによりも願っていたはずなのに、たったひと言なのに、すぐに理解できなかった。

画面を見つめながら徐々に整理できてきた時、私は頭に浮かんだ言葉を迷わず文字に起こして送った。

【今から会える？】

ほとんど衝動《しょうどう》だった。〝会いたい〟という、抑えきれない衝動。

ここでメッセージを無視できたら、もう遅いだとかせめて突き放す台詞を返せたら、少しはかっこいい女になれるのかもしれない。だけど私はできなかった。

どれだけ振り回されても、私は結局大ちゃんが好きで、大ちゃんに会いたいという欲求に負ける。大ちゃんと出会ってから、私は感情のコントロールができたことなんて一度もなかった。かっこ悪くて、情けなくて、汚くて、嘘つきだった。

私のことが好きじゃないならはっきり言ってほしい、そしたら今度こそ幻滅して、いい加減諦めがつくかもしれない、なんて大嘘だったのだ。

――彼女とは別れるから。

――待っててくれる？

――菜摘が好きだよ。

どれかひとつでも、もう一度言ってくれることを、願っていた。

【迎えにいく】

スマホだけを持って、理緒たちに断り家を出た。

近くのコンビニで迎えを待つ。

大ちゃんはすぐに来た。

「菜摘」

いつものように名前を呼ぶ声に、心臓が落ち着いていくのがわかった。助手席に座ると、久しぶりの甘い香りに胸が高鳴るのを感じた。

どれだけ複雑な心境でも、私は結局、大ちゃんと会えたことが嬉しかった。

「……久しぶりだね」

できるだけ平静を装う。

最後に会ってからまだ一か月も経っていないのに、懐かしささえ感じた。大ちゃんに会えない日々は、もう会えないんじゃないかと思いながら過ごす毎日は、一分一秒が信じられないほど長い。

今まで何度、こんな思いをしてきただろう。

「うん、久しぶり。元気してた？」

元気じゃないよ。苦しくて、寂しかった。会いたくてたまらなかった。

「元気だよ。今日はどこ行くの？」

　私に会いたいと、少しでも思ってくれた？　私のことを、少しでも考えてくれた？

「俺あそこ行きたい。夜景スポット」

　私も行きたかったから、行き先はすぐに決まった。

　コンビニで飲み物を買ってから向かった。

　本音なんて、ひとつも言えないまま。


　着いた時には雨が降っていたから、車から出なかった。

「雨降っちゃったね。さっきから曇ってたもんね」

「うん。夜景見えないじゃん」

　話しながら雨が止むのを待っていても、止むどころか雨足はどんどん強くなっていく。数十分が過ぎた頃には本振りになっていた。

「雨止まないね」

「ね」

「……あの、訊いてもいい？」

「ん？」

　会ってから一時間以上経っているのに、なかなか本題を切り出せずにいた。

会いに来たのは会いたかったからだけじゃない。ちゃんと確かめなければいけない。

「……なんで別れたの？」

なによりも知りたいのに、知るのが怖かった。

私と付き合うためだったら、約束を守ってくれたのなら、もちろん嬉しい。

だけど——もしも違ったら。私はまたどん底に突き落とされてしまう。

大ちゃんはすぐに答えなかった。

激しさを増す雨音に煽られるように、鼓動が速まっていく。

やがて大ちゃんが薄く唇を開いた。私は膝の上でぎゅっと拳を握った。

「……喧嘩したから。腹立ったから別れた」

あまりにも予想外な返事に、言葉を失った。

たかが喧嘩で別れたの？　その程度で別れられるなら、どうしてもっと早く別れてくれなかったの？　私のことは関係ないの？

「けん……か？」

「……うん、喧嘩」

呟いて、大ちゃんはばつが悪そうに顔を背けた。

腹立ったから、と言ったのに、大ちゃんはどこか辛そうに見えた。

どうしてそんな顔してるの。そんなに彼女のこと好きなの？　だったらどうして私に連絡してきたの。

いつだって大ちゃんの本音はわからない。

もう、わからない。

「より戻るんじゃない？」

冷淡に言い放つと、大ちゃんは露骨に眉根を寄せた。

「戻んねぇよ」

「絶対戻るよ」

「戻んねえって。べつにいいんだよ。俺には菜摘がいるし」

「は？」

そんな言い方ってない。いくらなんでも無神経すぎる。

「なに言ってんの？　私を彼女の代わりにしないでよ！」

悔しさも惨めさもなにもかも、すべてのマイナスな感情を怒りに変換することでしか、涙を堪えられなかった。

今日ばかりは絶対に泣きたくない。これ以上、惨めになりたくない。

「ちげえよ！　そうじゃなくて……俺菜摘のこと好きだって言っただろ！」

「じゃあなんでもっと早く別れてくれなかったの？　他に好きな子いるって言えば済む話じゃん！」

それがなによりの本音だった。

責めるようなことを言うつもりはなかったのに、我慢できなかった。

「……ごめん。いろいろあるんだよ」

大ちゃんはまた辛そうな顔をして目線を落とした。

前髪の隙間から見える目は、何度も見たことのある、本音を隠す時の、これ以上は訊かれたくないという目で。

「……またそれじゃん」

いつだって大ちゃんはなにも言ってくれない。本当のことなんてなにひとつ教えてくれない。肝心なことは絶対に言わない。

もう無理だ。これ以上耐えられるほど、私は強くない。

いろいろある、なんて言われたら、

いつだって、大ちゃんは、ずるい。

「……帰るね」

呟いて、今度は私が大ちゃんから目を逸らした。

重い空気に耐えられなくて、急いで理緒に電話をかけても出なかった。由貴と麻衣子にかけても出ない。もう二時を過ぎているし、寝てしまったのかもしれない。理緒の家を出る時は慌てていたから、スマホしか持ってきていなかった。家へ帰るにしても、鍵《かぎ》が入っているバッグはもちろん理緒の家にある。

「朝まで一緒にいる？　明日仕事休みだし」

状況を察したのか、大ちゃんが言った。

目は合わない。合わせられない。

こんな時間に行く場所なんてひとつしかない。

「……うん」

それでも私は、大ちゃんを拒むことができなかった。

本当に、どこまでもかっこ悪い女だな、私は。


ホテルに入ると、大ちゃんはすぐに私をベッドに押し倒した。

私はいつだって矛盾だらけだ。

大ちゃんのことは諦めたい。だけど、諦めたくない。他の人を好きになりたい。だけど、大ちゃん以外の人を好きになりたくない。諦められないのではなく、他の誰かを好きになれないのではなく、私の本心はそうだった気がする。

大ちゃんを信じたい、彼女と別れたって言ってほしい、というのは本心だった。だけど同じくらい、大ちゃんと私は結ばれないと思っていた気がする。

だから好きだと言われても不安が拭い切れなくて、会うたびに、これが最後になるかもしれないと心のどこかで覚悟しようとしていた気がする。いつ終わりを迎えるかわからないと、心のどこかで感じていた気がする。

大ちゃんの無神経さに腹が立ったのに、本気で怒っていたのに、朝まで一緒にいられることを嬉しく思ってしまっている。

行く場所なんかわかっていたのに、それでも私は傷ついている。大ちゃんの家に連れていってくれたら少しは自信がついたかもしれないのに、ほんのささやかな期待すら打ち砕かれてしまったな、と。

全部全部、矛盾にも程がある。

大ちゃんと出会ってからの私は、なにもかもが矛盾だらけだ。

「菜摘」

時折名前を呼ぶ声が、余計に胸を締めつける。

ずるいなあと、何度でも思うのに。

大ちゃんが一瞬でも、ほんの一瞬でも、私だけを見てくれるのなら、なんでもいいと思ってしまっていた。

一瞬の儚い夢を、永遠に見ていたいと、思ってしまっていた。

ベッドに横たわったままうとうとしていた私を、大ちゃんはお風呂場に強制連行し

た。お湯を溜めて、泡《あわ》風呂にした。エアコンで冷えていた体がじんわりと温まってい
く。
　大ちゃんが後ろから私の体を包んだ。
　これから話すことはなんとなくわかっていた。
　それでも、私のすべてが大ちゃんの手に反応する。
「俺らってどういう関係なんだろうな」
「そんなの……セフレ、でしょ」
　声が浴室に反響する。
　こんな台詞、私に言わせないでほしい。
「……俺、セフレとかそういうの嫌なんだよ。体だけみたいな」
なに勝手なこと言ってるんだろう。こうなってるのは誰のせいだと思ってるんだろ
う。私にどうしろって言うんだろう。この状況が嫌だと言うなら、選択肢はひとつし
かないじゃない。
　私と付き合う気なんて、もうないくせに。
　彼女と別れたのに私が願っている言葉をくれない。それが答えだ。
「大ちゃんはどうしたいの？　今さらただの友達になんかなれないよ。そんなことわ
かってるでしょ？」

私は自分でも不思議なくらい落ち着いていた。

泡を手ですくう。強く吹くと、泡が大雑把《おおざっぱ》に飛んだ。そして、儚く散っていく。

漫画みたいに、綺麗なシャボン玉になったらいいのに。

「……俺、自分勝手なのはわかってるけど」

「うん」

「菜摘とは離れたくない。俺……中途半端なことばっかりして、こんなこと言える立場じゃないけど。菜摘がいなくなるなんて考えられないんだよ……。できるなら菜摘と一緒にいたいけど、今は……できない」

「……うん。そっか」

「けど、どうしても……俺には菜摘が必要なんだよ」

私だって大ちゃんと離れたくない。大ちゃんがいなくなるなんて考えられない。大ちゃんを好きな気持ちは計り知れない。底を突くことがない。どんどん好きになる。

だけど、きっと、私たちは――。

「私にだって、大ちゃんが必要なんだよ」

後ろを向くと、大ちゃんはほっとしたように微笑んだ。

ずるいなあ、と思う。たったこれだけで、全部許せてしまうのだから。

大ちゃんにはけっこう振り回されてきたと思う。

だけど同じくらい、幸せな夢を見せてくれた。

大ちゃんとなら、私は何度だって夢を見られた。

「ありがとう、大ちゃん」

私はきっと、もう大丈夫だ。

夢から覚めても、もう大ちゃんを責めたりはしない。

少しのぼせてしまった私は、お風呂から出てバスローブを着た。ソファーに座っていちご味の飴《あめ》を頬ばる。しばらくして出てきた大ちゃんも、バスローブを着て私の隣に座った。

大ちゃんの腕に手を絡めて、肩に頭を預けた。

大ちゃんは、いつかみたいに私の頭にこつんと頭を重ねた。

「あのさ」

「ん？」

「お願いがあるんだけど」

「うん。なに？」

どうしたんだろう。大ちゃんにそんなことを言われたのは初めてだ。

大ちゃんが私に聞いてほしいと言うなら、絶対に聞いてあげたい。

どんなお願いだって、私が必ず叶えてあげたい。

唇から伝わる大ちゃんの体温を感じながら、そう思った。

＊

大ちゃんの〝お願い〟は至って簡単で、少し不思議なものだった。

——一緒に海行こう。

なにを言われてもいいよう覚悟していたのに、予想していたどれとも違う内容に驚いて、私はとんでもないアホ面をしてしまった。

訊きたいことは山ほどあるけれど、訊かなかった。どうせなにも言ってくれないから。

「いいよ」とだけ返すと、大ちゃんは「よかった」と微笑んだ。

「来週の休みに連絡する」と言った大ちゃんに、「わかった」と答える。

「ほんとにわかってんのかよ」と笑う大ちゃんが好き。

わからないよ。なにもわからない。

どうしてそんなに寂しそうな目をしているのかも、それでも優しい手の意味も。

だけど、大丈夫。ちゃんとわかっている。

「ほんとにわかってんのかよ」の意味も、ふたりの未来も、この二年間の結末も。

――わかった。待ってるね。

一週間後の土曜日、二十時。待ち合わせは、私たちが再会したコンビニ。

目いっぱいお洒落をした。大ちゃんが好きなカジュアルな服を着て、メイクもいつも以上に丁寧にして、髪もアイロンでしっかりとストレートにした。

待ち合わせの時間の少し前、見慣れた車が私の前に止まった。

「菜摘」

呼ばなくたってわかるのに、いつも大ちゃんはわざわざ窓から顔を覗かせる。

この瞬間がたまらなく好きだった。大ちゃんに会った時、高鳴る鼓動が心地よかった。

「久しぶり」

「うん。久しぶり」

助手席に座ってシートベルトをすると、車が発進した。行き先は決まっているから相談会はない。いつものようにたわいもない話をしながら車を走らせる。

大ちゃんの横顔が好き。やや垂れている大きな目も、高い鼻も、しゅっとした顎も、しっかりと筋肉がついた腕も、私を簡単に包み込んでしまう大きな手も、全部が好き。

運転している時の男の人って、どうしてこんなにかっこいいんだろう。

ばれないように、大ちゃんの横顔を見つめていた。

大ちゃんの姿を、目に焼きつけていた。

走り始めてから一時間。なにもない田舎道。車もなければ人もいない。たまに見かけるお店もみんな閉まっていた。

開けている窓から、潮《しお》の香りが漂う。あと少しで、目的地の海に着く。

「大ちゃんって、いつから私のこと好きだったの？」

「はっ？」

こっちを向いて、目をまんまるに見開いた。

ここまで驚かれるとは思わなかった。

「危ないな。前向いてよ」

「あ、ああ、うん」

んー、んー、と唸ってから、大ちゃんが口を開いた。

「カラオケで会った時さ、嬉しかったんだよね」

出会った頃のことだろうか。初めてたくさん話をした、あの日。

まさかそこまで遡ると思っていなかった私は驚いてしまった。

「ゲーセンで会ったじゃん。その時からちょっと気になってたっぽい」

ぽいって、そんな曖昧な。

でも、そんなに前から気にしてくれていたんだ。

だから私のことはすぐに覚えてくれたのだろうか。

私の自惚れじゃなかったのだろうか。

「それで？」

「急かすなよ」と笑って続ける。

「喧嘩した日さ、嫌われたと思った。巻き込んじゃったし」

「嫌いになんかなってないって言ったじゃん」

「いや、そうだけどさ。嫌われたと思ったんだよ。で、あいつに告られて付き合ったらおまえ告ってきたじゃん。もうだめだと思ったのに」

大ちゃんの話を聞きながら掘り起こしていた記憶が、告白した日にたどり着いた。

そうだ。あの時大ちゃんは『なんで』と言った。たしか『複雑な関係』とも言っていた。

――真理恵に告られた時、一回断ってるよ。気になる子がいる、って。

こういう意味だったのだろうか。あの時はわからなかった、すぐに忘れてしまった『なんで』と『複雑な関係』の意味が、まさかここで繋がるとは思わなかった。

「駿からみんなで遊ぼうって言われた時も、ほんとは嬉しかったよ。もう会えないと思ってたし……菜摘だって俺に会いたくないだろうなって思ってたから」

大ちゃんはずるい。とても気にしているような態度じゃなかったのに。ちゃんと言ってくれたらよかったのに。そしたらちゃんと否定したのに。勝手に自己完結して、それを今さら言うなんて、ずるい。

会いたくないわけないじゃんって、私も会えて嬉しいんだよって、ずっと会いたかったんだよって、言わせてほしかった。

「で、そのあと……植木んちの近くでまた喧嘩した時、おまえ泣いてたじゃん」

「うん」

「なんていうか……綺麗だって、思ったんだ」

そんなことを言われたのは初めてで、驚いて、体が小さく震えた。

私もずっと思っていた。大ちゃんの寂しさを見るたびに、弱さに触れるたびに、綺麗だと思っていた。

「親が金持ちって話した時のこと覚えてる？」

「覚えてるよ」

今日の大ちゃんはお喋りだ。ていうか、忘れっぽそうなのに意外とよく覚えてるんだな。

私にとって大ちゃんと話したことは全部が特別で、たぶんどんなに小さなことでも覚えている。大ちゃんも覚えてくれていたことが嬉しかった。ほんの少しでも、私と過ごした日々を特別に感じてくれているのだろうか。

「あの時なんか変な顔して黙ってたよな。なんで？」

「あんまり訊かれたくなさそうっていうか、話したくなさそうっていうか……とにかく、全然嬉しそうに、自慢げに見えなかったから、かな」

うまく言葉にできずもごもご言うと、大ちゃんは「けっこう鋭いな」と笑った。

「俺ひとりっ子だから、親父の会社継ぐのなんて、たぶん生まれた時から決まってたんだよ」

生まれた時から将来を約束されている、と言えば聞こえはいいけれど、私にはまるで違う意味に聞こえた。

逆を言えば、自分の意志に反して全部決められてしまうわけで。

「興味ある仕事とかなかったの？」

「子供の頃はあったよ。それなりに」

「親に言わなかったの？」

いつもなら訊けないのに、するすると言葉が出てくる。今日の大ちゃんは話してくれると思ったからなのか、今訊いておかなければと思ったのか。

「言ったよ。けど、すげえ複雑そうな顔されたような気がする」

ない。

「だから、あー俺は親に敷かれたレールの上を歩いていくんだろうなって、たぶん子供ながらに漠然と思ったんだよな」

もしかしたら、他にも我慢を強いられることがたくさんたくさんあったのかもしれない。

だから――感情を表に出すことを諦めてしまったのだろうか。

大切なことを人に言えなくなってしまったのだろうか。

「俺、たぶん嬉しかったんだよ。羨ましいとか、菜摘がそういうのひと言も言わなかったのが」

「え？　なんで？」

「だって俺、家がまあまあ金持ちでラッキーとか思ったことないから。就活もしなくて済んだから楽っちゃ楽だったし、べつに嫌とか辛いとかもないけどさ。全部どうでもよかった。……でも、なんていうか、とにかく、あの時はたぶん嬉しかった」

「……うん」

「菜摘が高校受かったのも嬉しかったよ。落ちたらもう会えないかもって思ってたから。部活見に来てたのも、俺が話しかけるたびに嬉しそうに笑ってくれるのも、全部嬉しかった。……彼氏できたって知った時は、正直ちょっとショックだったかも」

鼻の奥がつんと痛んだ。

全部全部、大ちゃんには伝わっていないと思っていたのに。

今まで頑張ってきたことが、やっと報われた気がした。

「だから、たぶん……今考えてみれば、ずっと前から好きだったんだろうな」

でも、遅いよ。遅すぎるよ。

「だったら言ってくれればよかったじゃん。好きなら好きって、言ってくれなきゃわかんないよ」

「俺わかんなかったんだよ。好きとか嫌いとか。人を好きになったことも、興味持ったことすらなかったから」

大ちゃんが平然と言った言葉が、とても寂しかった。

わからないのは恋愛だけじゃないのだろう。大ちゃんはきっと、誰にでもある〝感情〟がよくわからないんだ。嬉しいとか、哀しいとか、楽しいとか、寂しいとか、そういうすべての感情に対して鈍感なんだ。

もしかすると、もともとそうだったわけじゃなく、いつの間にか感情を押し殺すようになって、それが癖になっていたのかもしれない。だから自分でもわからなくなってしまったのかもしれない。

なにも教えてくれなかったのは、はぐらかしていたわけじゃなかったんだ。深いところに触れようとすると壁を作ってしまうのは、わざとじゃなかったんだ。ただ、自分でもわからなかっただけなんだ。

わからないから、いつも笑っているのだと思った。

なんとなく感じていた大ちゃんの寂しさや孤独が、私の寂しさに誰よりも早く気付いてくれた理由が、初めてちゃんとわかった気がした。

「好きだったよ、ずっと。信じてくれる?」

私も同じだった。いや、私の親は社長でもなんでもないし全然違うのだけど、でも、同じだった。

私も人に本音を言うのがとても苦手だった。どうでもいいことはべらべら喋るのに、肝心なことほど口にできなかった。自分の中にあるものを言葉として表現することが、人に心を開くことや向き合うことが、極端に苦手だった。

だから、私の奥の方にあるものを見つけてくれる人を求めていたのかもしれない。

初めて大ちゃんと公園で話した日、寂しそう、と言ってくれたことにほっとした。きっと他の人に言われたら茶化してごまかしていたと思う。だけど、大ちゃんにはなぜか素直になれた。たぶん恋愛感情を抜きにしても、大ちゃんには最初から心を開いていた。

この人だって、思った。

「うん。信じる」

大ちゃんがくれる言葉なら、全部受け止める。

もう疑ったりはしない。たとえ嘘だとしても、全部信じる。

大ちゃんが本当だと言うのなら、たとえそれが嘘だとしても、私にとっては本当になるんだよ。


砂浜に車を止めると、大ちゃんは大きく伸びをした。

七月なのに車が一台もない。

それだけで、世界中にふたりしかいなくなったような錯覚に陥《おちい》る。

「菜摘は？　いつから俺のこと好きだったの？」

「初めて会った時だよ。ひと目惚れしたの」

「え、そうなの？」

信じられないとでも言いたそうに目を丸くして自分の顔を指さした。

うん、と頷くと、今度はなにやら不思議そうな顔をした。

まさかこの人、自分の顔面偏差値を知らないのだろうか？

「そ、そっか。え、顔以外は？」

「優しいのに優しくないとことか、嘘つけないくせに嘘つきなとことか」

「おまえたまにわけわかんないこと言うよな。難しくてわかんねえよ」

「全部好きだってことだよ」

「適当に言ってんだろ。俺すげえ真面目に答えたのに」

「適当じゃないよ」

大ちゃんの好きなところを挙《あ》げたらきりがない。たくさんありすぎる。それなら全部とまとめるしかないのだ。

唯一、嫌なところは……なにかあった時、なにも言ってくれないところだろうか。

「そっか。ありがと」

例えば、『雪が解けたらなにになる？』と訊かれたら、大ちゃんは『水』でも『春』でもなく『泥《どろ》』と答えるような、とても寂しい人で。

そういうところが、なによりも大好きだった。

「私ね、たぶん一生好きだよ。大ちゃんのこと」

永遠なんて存在するのかわからない。不明瞭で、不確かで、ひどく曖昧なものだ。

それでも、大ちゃんへの想いは永遠だと、心から思えてしまう。他の人を好きになるなんて、大ちゃんへの想いが消えるなんて、そんなの想像できない。

「どうしたらいい？」

右手が塞がる。夏なのに、やっぱり大ちゃんの手は冷たい。だけど温まる。

魔法の手だなんて可愛いことは言えないけれど、不思議だった。
「ずっと好きでいてよ」
笑っているのに、とても寂しい目をしていた。
すべてが不思議で、すべてに惹かれる。すごく、引き込まれる。
「うん。約束する」
綺麗だなあ、と思う。何度も、何度でも。
不器用で、弱くて、寂しくて、孤独なこの人を。
だけど、もうそんな目ばかりしないでほしい。
大ちゃんは知らないのだ。
ひとりぼっちなんかじゃないということを。
「約束ね」
大丈夫。寂しくなんかないよ。
いつまでも、いつまでも、私は大ちゃんを想っているから。
約束するから――。
私を、忘れないでね。ずっと、ずっと。
街灯がない夜の海は、車のライトを消すと真っ暗だった。

「おいで」

両手を広げて、大ちゃんはにっこり微笑んだ。

大ちゃんの〝おいで〟も、あの頃から変わらずに大好き。

「おいで」

いつもなら飛びついちゃうところなのにそう返したのは、私ばかり追いかけるのに疲れたからかもしれない。

「そういうとこ可愛い」

瞬時に私の上にまたがった大ちゃんは、そのまま一気にシートを倒した。まさか本当に来ると思わなかった私は唖然《あぜん》としてしまう。そんな私を見て、今度は悪戯っぽく笑った。

心臓が、止まってしまいそうだった。

「大ちゃん、ずるいよ」

私の前髪にそっと触れて、もう片方の手は右の頬を包む。

そして、長く、深いキスをした。

大ちゃんが囁いたひと言を、私は一生忘れない。

嬉しかった。死んでもいいと、本気で思った。

だけど、同じくらい、なんて哀しい台詞なんだろう、とも思った。

「世界で一番愛してる」

――ああ、そうか。

やっとわかった。亮介じゃだめだった理由。大ちゃんじゃなきゃだめな理由。

この感情を、なんて呼ぶのか。

私、愛してる。大ちゃんのことを、愛してるんだ。


神様と呼ばれる人が、本当にいるのなら。

どうか願いを叶えてください。

〝またね〟

大好きな言葉を初めて聞いたあの頃に、ふたりが出会ったあの頃に、時間を戻してください。

もう、決して間違えたりはしないから。

もう、決して後悔はしないから。

絶対に、ちゃんと素直になるから。

だから、どうか。

願いを叶えてください――。

唇が離れる。

大ちゃんは私の髪に触れて、ふっと笑った。

「泣き虫」

私はちょっとがっかりしていた。

するのかと、思ったのに。

「泣かせたのは大ちゃんでしょ」

手が離れ、絡まっていた足がほどける。運転席へ戻った大ちゃんに言いようのない寂しさを覚えた。

近いのに遠い。出会ってからずっと。

「行こっか」

大ちゃんはエンジンをかけてハンドルを握った。

「え？　もう帰っちゃうの？」

「帰んないよ。狭いじゃん、車ん中」

顔が熱くなる。

胸中を見破られてしまったのか、それとも、大ちゃんも同じ気持ちだったのか。

「……うん。そうだね」

場所なんてどこでもいいのに、なんて言ったら、変態って笑われちゃうかな。

帰りの車内は静かだった。

行きと同じように、大ちゃんの姿を目に焼きつけていた。

オレンジ色の明かりが灯る部屋の、大きなベッドに腰かけた。

「なんか緊張する」

「うん。私も」

けれど、この緊張感は心地いい。愛おしさが増していく。

どちらからともなく、ゆっくりと唇を重ねた。

どうしてだろう。

――うまいじゃん。これならうちの高校入っても大丈夫だ！

最初はただ顔がタイプだっただけなのに。どれだけ私にとっては衝撃的な出会いだったとしても、所詮はただのひと目惚れだったのに。まさかこんなに好きになるなんて、さすがに思っていなかった。大ちゃんのすべてが好きだと、すべてがほしいとまで思う日が来るなんて、思っていなかった。

名前を呼ぶ声も、寂しげな表情も、髪に触れる手も、体を這う唇も、少し癖のある髪も。

今はもう、大ちゃんの、すべてを。

「あのね、大ちゃん」

「ん？」

「愛してる」

大ちゃんは眉を上げて、ふっと微笑んだ。

無自覚のうちに流れていた私の涙を手で拭う。

「泣き虫。俺も愛してるよ」

私のことを泣き虫なんて言うの、世界中で大ちゃんくらいじゃないかと思う。

それくらい大ちゃんの前で泣いてきた。

他の人の前では堪えられるのに、大ちゃんの前でだけは無理だった。

大ちゃんの前でだけは素直に泣けた。

言葉にはできなくても、感情のすべてをぶつけていたのかもしれない。

時間を止めてほしいとどんなに願っても、時間は待ってくれない。残酷に時を刻む。

何度目かの、お別れの時間が来てしまった。

ホテルを出て、あっという間に私の家に着く。

車から降りようとした私を、大ちゃんは強く抱きしめた。

「どうしたの？」

「……ごめんね。なんでもないよ」

なんでもないわけない。だって大ちゃん、少し震えている。

私の体から離れていく手を、とっさにぎゅっと握った。

あんなに強く握ったのに——その手は、いとも簡単にほどけたね。

「またね」

世界で一番大好きなひと言が、とても寂しく鼓膜に響いた。

「……うん、またね」

最後にキスをして、大ちゃんを見送った。

私は嘘つきだ。だけど同じくらい、大ちゃんも嘘つきだ。

——夏になったらラベンダー畑でも連れてってやるよ。

あの約束が果たされることはない。

この恋に、未来なんてない。

——世界で一番愛してる。

なんて哀しい台詞なんだろう。

たとえ本心だとしても、私たちが結ばれることは、きっとない。

わかっているくせに。大ちゃんが一番よくわかっているくせに。

〝また〟があるなら、きっとそれが最後の日。きっともう〝またね〟は聞けない。

いつからだろう。わからないことも、わかるようになったのは。

いつからだろう。わかりたくないことを、わかってしまうようになったのは。

どんなに願っても、叶わない願いもある。

どんなに祈っても、届かない祈りもある。

どんなに愛していても、結ばれないこともある。

わかりたくなかったよ。気付きたくなかった。

この先には〝終わり〟しかないなんて、あまりにも残酷すぎる現実に。

第六章　またね

こんなにも君を好きになったのは　きっと理想的だったからじゃない
暗闇《くらやみ》から救い出してくれる存在だと思ったからじゃない
君もまだ未完成で　満たされることなく　いつもなにかを求めていたから
私と君は　きっと似ていたね
だからこそあんなにも惹かれたのかな

だけど君は　私を満たしてくれたね　暗闇から救い出してくれたね
君に出会えてよかった　君を好きになってよかった

あのね　大ちゃん
君は　私の光でした

◇　◇　◇

そのメッセージが届いたのは、海へ行った日から二週間後の早朝だった。
大ちゃん、という名前を見て、弾かれたように上半身を起こした。
この二週間、大ちゃんとは一度も会っていない。連絡すら取っていない。そうでなくともこんな時間に連絡が来るなんて珍しい。もう会えないかもしれないと思っていた私は素直に嬉しかった。

けれど内容を見た瞬間、愕然とすることになる。

【大輔の彼女です】

血の気が引くというのは、まさにこのことだと思った。

大ちゃんの、彼女。

鼓動が猛スピードで速まっていく。

一度目を逸らして、呼吸を整えられないまま再び画面を見た。

【急なんだけど、今日会えないかな？　あたしの車で迎えに行くわ。なんでかはわかるよね？　あたし全部知ってるから】

なにが起こっているんだろう。

まだ覚醒しきれていない頭ではすぐに状況を把握できず、スマホを持ったまましばし呆然とする。もっとも、覚醒している頭でも理解できた自信はない。

やがて事の重大さを理解した時、鼓動がさらに速まり、背中に嫌な汗が伝った。

彼女に、ばれた。

なんで。どうして。

――あたし全部知ってるから。

全部ってどこまでだろう。本当に全部だろうか。

大ちゃんが彼女と別れる前にも会っていたし、私たちがしていたことは完全に彼女に対する裏切り行為だ。前にばれた時——中三の冬とは状況が違いすぎる。本当にすべて知っているのなら、逃げるわけにはいかない。

深呼吸を繰り返して、無理やり気を落ち着かせて返信する。

【わかりました。夜でいいですか？】

【夜は大輔が仕事だから無理。四時にゲーセン来て】

彼女は私のことを知っているのだろうか。そもそも、どうしてばれたんだろう。

——ていうか、大ちゃんの彼女って？

今さら重要なことに気付いた私は、変わるわけのない名前を凝視した。

何度確認しても、間違いなく大ちゃんからだ。つまり大ちゃんのスマホから送っているということで、それはつまり、おそらく大ちゃんが近くにいるということで——

ていうか、大輔の彼女と名乗るということは。

彼女とよりを戻した、ということで。

「……は？」

ちょっと、待って。なに、それ。

放心していると、立て続けにメッセージが届いた。

【逃げないでね。うちら婚約《こんやく》してるし子供もいるんだわ。ただの浮気じゃ済まされないから】

……は？　婚約？　子供？

なにそれ。嘘でしょ？　ちょっともう、本当に、わけがわからない。

そんなの聞いていない。結婚するってこと？　別れたいけど別れられないってこういうことだったの？　だけど子供がいて婚約しているのに、喧嘩したくらいで別れたりするだろうか。それとも、別れたこと自体が嘘だった？

でも、大ちゃんがそんな嘘をつくとは思えない。でも、もうわからない。だって、現に今、こうして大ちゃんのスマホで大ちゃんの彼女からメッセージが来ている。

これは夢なんじゃないかと無意味でしかない現実逃避をしてみても間違いなく現実で、目に映っている文章は何度見ても変わらなかった。

【わかりました】

私たちはもうすぐ終わると、思っていた。

だけど、さすがにこんなのひどすぎる。

私の語彙力では、この感情を言葉にすることはとてもできそうになかった。

大ちゃんから電話が来たのは、二時間目の途中だった。机の下でスマホの画面を見ながら困惑していると、不在着信履歴が画面にぽつんと残った。

今度はなんだろう。まさか、また彼女じゃないよね？

先生に「トイレに行く」と伝えて、スマホを握ったまま教室を出た。不在着信の履歴から電話をかけ直す。

『もしもし、菜摘？　俺だけど！』

大ちゃんは異様に焦っていた。とりあえず彼女じゃなかったことに安堵する。

「どうしたの？」

『彼女から連絡来たろ!?』

「来たよ。今日会うんでしょ？　べつに逃げたりしないから安心してよ」

『ちげえよ！』

「なにが？　ていうかなんで焦ってるの？　自分で白状したんじゃないの？」

『だからちげえって！』

「だからなにが!?」

大ちゃんの話はこうだった。

彼女とよりを戻し、そのまま家に泊めて大ちゃんは寝た。寝ている隙に彼女にスマホを見られた。そして逆上した彼女が勝手に私に連絡をした。今電話ができるのは、会社に用事があると言って無理に抜け出したらしい。

私への罪悪感なのかなんなのか、なにやらたどたどしくて要領を得ない説明だったけれど、要約するとこうだった。

「なるほど。そっか、そうだよね」

大ちゃんの説明に対する返事ではなかった。

やっぱり彼女とよりを戻したんだ。メッセージを見てわかっていたけれど、大ちゃんの口から聞いてしまうとショックが大きいし、ちょっとイライラした。

彼女と戻ったことを怒りたいわけじゃない。

戻るなら戻るで、せめて先に私に言ってほしかった。

『納得してる場合じゃねえって！　なんで断んなかったんだよ……。あいつたぶん殴る気だよ！』

どうやら彼女はやはりヤンキーらしい。

痛いのは嫌だけど、それはそれでべつにいい。いくら大ちゃんに説得されても、私は聞く耳を持たなかった。殴られようがなにをされようが、私にとってはどうでもよかった。

『とにかく気を付けろよ！　俺も菜摘には手出しさせないようにするから！』

なにに対してどう気を付けたらいいのかさっぱりわからない。

気を付けたところでどうなるわけでもないのに。

私に黙ってよりを戻した事実がなくなるわけでも、彼女がすんなり大ちゃんを譲ってくれるわけでも、大ちゃんが私を選んでくれるわけでも、なんでもないのに。なにひとつ変わらないのに。

『菜摘……ほんとごめん』

大ちゃんが会社に着いたから電話を切った。

最後に大ちゃんが言った『ごめん』の意味が一番わからない。謝られたところで、私にはどうすることもできないのに。ていうか、なにに対して謝ったのだろう。

あ。婚約と子供のこと、訊き忘れちゃった。

婚約していて子供がいるということは、たぶん彼女は妊娠しているということだ。

そんなに暴れて大丈夫なのだろうか。

スマホをポケットに戻してゆっくりと立ち上がる。

なにも焦ることはない。ただ、あったことを話す。それだけだ。

逃げずに会うことを選んだのは、自分が悪いからなんて潔《いさぎよ》い理由じゃない。謝って許しを請いたいわけでもない。

彼女からメッセージが届いた時、ただただ混乱した。まるで想定していなかったからだ。だけどそれは、絶対にばれないと思い込んでいたわけじゃない。心の底から、彼女のことなんかどうでもよかったのだ。

だってこの人がいなければ、私は大ちゃんの隣にいられたかもしれないのに。

だから、ある意味これはチャンスだと、やっと決着をつけられると、そう思った。


時間というのは嫌でも過ぎる。

学校が終わり、ひとりでゲーセンへ向かった。体験入学のあとに大ちゃんと再会した場所だ。しばらく来ていなかったけれど、まさかこんな形でまた来ることになるなんて、大ちゃんと会えるのに嬉しいと思えない日が来るなんて、夢にも思わなかった。

辺りを見渡すと、白い車が一台停まっていた。

「こっちだよ」

私に気付いた大ちゃんが、助手席から顔を覗かせた。

「……うん」

たまらなく大好きな瞬間のはずなのに、今はちっとも喜べない。だってあれは大ちゃんの車じゃない。いつもとは全然違う状況なのだと改めて痛感させられた。

大きく深呼吸をしてから後部座席に乗る。

「はじめまして。菜摘ちゃんだよね？」

彼女――真理恵さんは、とても人を殴ったりするとは思えない、色白で華奢《きゃしゃ》でおとなしそうな人だった。メッセージの印象とはかけ離れている。

お腹を見ると、まだぺたんこだった。妊娠したばかりなのだろうか。

もしかすると、妊娠が発覚したからよりを戻したのかもしれない。だからといって許せるわけじゃないし、先に私に言ってほしかったという気持ちも変わらないし、祝福なんか到底できない。

だけど、大ちゃんがちゃんと責任を取る人でよかったと思った。

「……はい。はじめまして」

目線を上げて、改めて真理恵さんを見る。

視界に映ったのは、見るからに傷んだ明るい髪色とウェーブがかかったボブヘアだった。

——髪ストレートで綺麗だし、長い方が似合いそうだなと思って。

ああ、そうか。私、最初から負けていたのか。どんなに頑張ってもだめだったのか。

たかが髪なのに、敗北感と絶望感でいっぱいだった。

綺麗だと言ってくれたことが本当に嬉しかった。いつからか願かけみたいになっていた。触れてくれた時、やっと報われた気がした。だけど頑張って伸ばした髪も、必死に手入れした日々も、すべてが無駄だったのだ。

そう思った瞬間、私の中でなにかが変わった。

糸が切れたという表現が一番似つかわしいかもしれない。

真理恵さんは車を走らせて、ひとけのない公園の駐車場に車を止めた。

後ろを向くと、さっきよりもさらに低い声で切り出した。

「さっそく訊くけど、いつから大輔と関係持ってたの？」

それから真理恵さんは、いくつか質問をしてきた。

いつ、どうやって知り合ったのか。彼女がいることを知っていて、どうして関係を持ったのか。

ただあったことを話す——つもりだったのに。

私の口は、正反対の台詞を吐いていた。

「なんで言わなきゃなんないの？」

もともと最悪だった空気がさらに凍《い》てついた。

呆気に取られている真理恵さんを見据える。

「全部知ってるんでしょ？　わざわざ訊いてどうすんの？」

真理恵さんは開いていた口を閉じて、みるみるうちに怒りに満ちた表情になっていく。大ちゃんも驚きを隠せない様子だった。

「……ざけんなよ。なに開き直ってんの？　あんた自分がなに言ってるかわかってる？　頭おかしいんじゃないの⁉」

開き直りなんかじゃない。私はただ言いたくないだけ。

大ちゃんがくれた言葉も、大ちゃんがしてくれたことも、なにひとつ言いたくない。

私といる時の大ちゃんは私しか知らない。

ふたりの世界はふたりしか知らない。

ふたりが過ごしてきた時間はふたりだけのもの。

誰も邪魔しないでよ。思い出まで壊さないでよ。

そんな権利、誰にもないはずだ。

頭がおかしいと言われても、最低だと言われてもかまわない。

絶対に言いたくない。

「ひとつだけ答えます。彼女いること知ってて、なんで関係持ったのかってやつ」

鋭い目で私を睨み続ける真理恵さんから目を逸らさなかった。

それは一＋一よりも簡単で、とても単純なこと。

「好きだから止められなかった。それだけです」

止められるものなら、私だって止めたかった。他の誰でもない、私がそれを一番強く願っていた。だけど、そんなの無理だった。

どうしても、どうしようもなく、大ちゃんのことが好きだった。

真理恵さんは握った拳をハンドルめがけて振り下ろした。鈍い音が車内に響く。

きっと限界以上に我慢してくれたのだろう。

でも――どうせなら、殴ってくれたらよかったのに。

「はあ？　好きだから止められなかった？　ふざけんなよ！　人の男に手出しちゃいけないって、それくらいわかるでしょ！」

さっきとは別人じゃないかと思うくらい、顔を真っ赤にしながら怒鳴り散らす。

「真理恵！　やめろって！」

「あんたは黙ってて！」

「黙ってらんねえだろ！」

真理恵さんが大ちゃんの腕を振り払う。それでも大ちゃんは、必死に真理恵さんを止めていた。こんな状況なのに、大ちゃんが私を庇ってくれたことが嬉しかった。ただ黙っていてくれたら、少しは憎めたかもしれないのに。

大ちゃんはいつもそうだ。諦めさせてくれない。幻滅させてくれない。私がどれだけどん底に落ちても、またそうやって好きにさせる。大ちゃんが好きだって、何度でも実感させる。

「結局はただのセフレでしょ!?　あんたプライドないの!?」

――プライド？

ふざけんな。なにも知らないくせに。

なにも、知らないくせに。

体が震え、拳を握りしめた。出会ってから今日までの記憶が走馬灯《そうまとう》のように流れる。

まるで〝これが最後だよ〟と誰かに言われたみたいだった。

「それくらいわかってるよ！　だから何回も諦めようとした！　でも無理だった！」

〝うまいじゃん。これならうちの高校入っても大丈夫だ！〟

〝ああ、思い出した！　うまかった子だ！　よく俺のこと覚えてたね〟

〝大ちゃん、ね。いいねそれ〟

「好きな人に優しくされたら期待しちゃうよ！　諦めきれなくなる！」

〝なんか……菜摘、寂しそうだから〟

〝菜摘はちっちぇーな〟

〝素直でよろしい〟

「私はあんたが大ちゃんと付き合う前からずっと好きだった！」

〝菜摘、ちゃんと見張ってて。約束ね〟

〝頑張って受かれよ。待ってるから〟

「大ちゃんって呼ばれるの、初めて」

「大ちゃんとあっさり付き合えたあんたに……」

〝俺……菜摘にだけは嫌われたくない〟

〝信じられるのは、菜摘だけだから〟

〝閉会式は特別に俺もサボってやるから、存分に泣きなさい〟

「彼女になれたあんたに……」

〝めんこいな〟

〝もう大丈夫だから、泣かなくていいよ〟

〝やっぱおまえといたら楽しいわ〟

「無条件で隣にいられるあんたに……」

〝たぶん会えるよ。そんな気がする〟

〝なんか……寂しいとか思ったの初めてかも〟

〝俺ちょうど菜摘に会いたいなーって思ってたんだよ〟

「死ぬほど好きなのに、好きだって言ってくれたのに、それでも隣にいられない私の気持ちがわかる!?」

〝菜摘が好きだよ〟

〝どうしても……俺には菜摘が必要なんだよ〟

〝一緒に海行こう〟

「急に婚約してて子供がいるとまで言われて、死ぬほど惨めなのに、それでも――」

〝綺麗だって、思ったんだ〟

〝好きだったよ、ずっと。信じてくれる？〟

〝泣き虫。俺も愛してるよ〟

「くだらない、ちっぽけなプライドすらなくなるくらい、どうしようもなくなるくらい好きになっちゃった気持ちが、あんたにわかんの……？」

〝世界で一番愛してる〟

めちゃくちゃなことを言っているのはわかっていた。真理恵さんは一切悪くないことも、私に責める権利なんて微塵もないことも、こんなのただの逆ギレでしかないことも、頭ではちゃんとわかっていた。

だけど、止まらなかった。

この人さえいなければ。それしか考えられなかった。

こんな時でさえ、大ちゃんがいるだけで感情をコントロールできなくなる。

どうしてだめなの？

どうして叶わないの？

ただ好きだった。一緒にいたかった。そばにいたかった。

隣で笑ってくれるなら、それだけで満たされた。

大ちゃんがいてくれるなら、他になにもいらなかった。

最低だと言われても、どんなことをしてでも、私を見てほしかった。

ただ、それだけだったのに。

この恋は叶わない。この先には終わりしかない。大ちゃんは私を選んでくれない。

そんなこと痛いくらいにわかっていた。

だけど、どうしても、覚悟なんかできなかった。そんなのできるわけがなかった。

もう強がることさえできなかった。

大ちゃんを失いたくない。願いはずっと、それだけ。

ふたりは私を見たままなにも言わない。私は俯いて涙を隠した。

「菜摘……ごめん。俺やっぱ馬鹿だ。ごめんね……」

声にならなくて、必死に首を横に振る。

謝らなければいけないのは私だ。

大ちゃんも苦しんでいることに気付いていたのに、自分の気持ちに囚われてしがみついていた私が悪い。

「呼び出したりしてごめんね。菜摘ちゃんだけ責めるのは間違ってた」

涙が止まらない。泣きたくなんかないのに。

「許すから」

お願い。その先を言わないで。

殴られたっていい。許してほしいなんて思ってない。最低だって、おかしいって、どんな言葉も受け入れるから。

だから——なによりも恐れていた台詞を、言わないで。

「もう二度と、大輔と関わらないで」


家に帰って自分の部屋に入ると、私はくずおれるようにベッドに倒れ込んだ。

もう会えない。違う、もう会わない。今度こそ、本当に終わり。

——もう二度と、大輔と関わらないで。

一番言われたくなかった台詞を、一番言われたくなかった人に突きつけられた。こんな終わり方だなんて思っていなかった。こんなに突然、こんな形で終わりが訪れるなんて、思っていなかった。

わかっていた。この二年間の結末がどうなるかなんて、痛いほどよくわかっていた。

だけど、もう終わりにしようって、ふたりで決めたかった。ちゃんと覚悟ができる瞬間まで待ってほしかった。

だけど、私は本当に自分で終わらせることができたのだろうか。

いつだって私は、もう少しだけ、もう少しだけって、そればかり考えていたのに。

大ちゃんを失うことが、なによりも怖かったのに。

体中の水分がなくなってしまうんじゃないかと思うくらい、泣いた。

なのに、泣いても泣いても、どれだけ泣いても、涙が枯れることはなかった。

それはまるで、大ちゃんへの想いのようだった。

どんなに溢れても、これ以上はないと何度思っても、決して尽きることはない。二年間育ち続けた大ちゃんへの想いは、とても抑えることなんてできないものだった。

とても簡単に止められるものじゃなかった。

私は知らなかった。〝愛してる〟って綺麗なことだと思っていたのに、こんなにも苦しいなんて。

いったいどうしたら、とめどなく溢れてくる涙も想いも止まってくれるのだろう。

これからは自分で止めなければいけないのに、方法がわからない。

止めてくれる人は、もういないのに。頭を撫でてくれる人も、泣き虫って言いながら笑ってくれる人も、冷たい手で拭ってくれる人も、もういないのに。

ラベンダー畑に連れていってくれるんじゃなかったの？

私がいなくなるなんて考えられないんじゃなかったの？

私が必要だって言ってくれたじゃん。

世界で一番愛してるって、言ってくれたじゃん。

忘れられない。忘れたくない。

どうして。どうして。どうして。

いい加減ちゃんとしなきゃいけない。わかっているのに、私は大ちゃんの連絡先を消すことさえできなかった。机の引き出しの三段目を空にすることは、もっとできそうになかった。

どれだけ泣いていただろう。

メッセージの受信音が部屋に響いた。

涙でぐちゃぐちゃになった顔を上げて、床に放ってあったスマホを手に取った。

「大ちゃん……」

画面には間違いなくその名前が表示されていた。

本当に大ちゃんだろうか。だって今は真理恵さんと一緒のはずだ。

大ちゃんからメッセージが来たのに、すぐに開けなかった。ちっとも嬉しくなんてなかった。怖くて仕方がなかった。

なんて書かれているんだろう。読みたい。読みたくない。こんな矛盾を、今まで何度感じてきただろう。

ごくりと喉を鳴らして、恐る恐るスマホに手を伸ばした。

大ちゃんからのメッセージは——本当にこれが最後になる。

流れ続けている涙を手の甲でぐしゃぐしゃと拭いて、大きく深呼吸をする。

けれど、そんなことをしても無意味だとすぐにわかった。

メッセージを読んだ私は、今まで以上に泣くことになるのだから。


【菜摘、ごめんね。

俺、自分のことしか考えてなかった。菜摘の気持ちなんて全然わかってなかった。もう会えないって言った時、ほんとは彼女と別れ話してたんだ。けどどれだけ話し合っても別れられなかったから、もう菜摘に会わない方がいいと思った。別れたのも、ほんとはただの喧嘩じゃないんだ。あの時ちゃんと言えなくてごめん。

別れたあと、俺なりにめちゃくちゃ考えてみたら、こんな中途半端な状態で菜摘と付き合ったりできないと思った。傷つけるだけだと思ったから。

それでもやっぱり、菜摘がいなくなるなんて考えられなかったし、どうしても俺には菜摘が必要だったんだよ。

中途半端なことばっかりして、迷惑ばっかりかけて、振り回してごめん。俺こんなんだから、信じてくれるかわかんないし、信じられないと思うけどさ。菜摘が好きだっていうのは嘘じゃないよ。俺にとって初恋だった。本当に、菜摘が好きだったよ。

俺嘘つきだけど、これだけは信じてください。

ばいばい、菜摘】

読みながら、私は声を出して泣いていた。

――ばいばい。

初めて大ちゃんに言われた、次に繋がることのない、終わりを意味する言葉。

大好きな大ちゃんの、大好きな大好きな〝またね〟は、もう聞けない。

返信、するべきだろうか。してもいいだろうか。

私も伝えたいことがある。最後なのだから、ちゃんと伝えなければいけない。

震える指先をメッセージの入力欄に置く。

――俺にとって初恋だった。

私にとっても初恋だったよ。

――本当に、菜摘が好きだったよ。

私も本当に好きだったよ。すごくすごく、大好きだったよ。

――ばいばい、菜摘。

ばいばい、大ちゃん。

文章は頭にはっきりと浮かんでいるのに、指が凍ったみたいに動かなかった。

だって私は、きっと引き留めてしまう。気持ちが溢れてしまう。

だって私は、過去形になんか書けそうにない。

大ちゃんと過ごした日々も、大ちゃんへの想いも、全部全部、とても過去になんかできない。

メッセージの入力欄から指先を離し、大ちゃんからのメッセージが表示されたままのスマホを両手でぎゅっと握りしめた。

「――大好きだよ、大ちゃん」

まだ、過去にしなくてもいいだろうか。

ちゃんと心の整理ができるまで、この気持ちを抱えたまま過ごしてもいいだろうか。

大ちゃんと過ごした日々の記憶を、大切にしてもいいだろうか。

またいつか、偶然でも、大ちゃんと会える日を夢見てもいいだろうか。

その頃には過去にできていたら、私の想いを伝えてもいいだろうか。

〝今まで本当にありがとう〟

〝世界で一番愛してた〟

〝だから、さようなら〟

＊

大ちゃんと最後に会った日から五か月が経ち、季節は冬になっていた。

雪が積もり、辺りは一面銀色の世界だ。

雪ってどこか寂しい気持ちになる。

二年前の冬は、大ちゃんの弱さを見た。

一年前の冬は、抱きしめてくれた。

こんな寂しい冬の日には、大ちゃんはいつもそばにいて、手を握ってくれた。

学校帰りにひとりでとぼとぼ歩いていると、私の前にハザードをつけた車が停まった。運転席の窓が開いて、中からひょこっと顔を覗かせる。

「おーい！」

「植木くん！」

雪が降っていたから、ラッキーとばかりに乗り込んだ。

植木くんとは卒業後もちょくちょく会っている。積もる話もなく普通に話していると、植木くんが唐突に言った。

「そういやおまえ、山岸と会ってねえの？」

その名前に全身が反応する。

「え……会ってないよ。なんで？」

必死に平静を装ってはみたけれど、声が震えた気がした。

冬でよかった。もし気付かれても、寒さのせいにできる。

「こないだ山岸と真理恵の……あ、山岸の女な。ふたりの結婚式あったんだけど」

結婚式──。

そっか。結婚したんだ。子供がいるのだから当たり前だ。わかっていたはずなのに、聞いてしまうとショックは大きい。

会った時はまだお腹がぺたんこだったけれど、いつ産まれるのだろうか。まだ先だろうか。大ちゃんは、もうすぐパパになるのだろうか。

「山岸に、菜摘元気かって訊かれたんだよ。おまえら仲よかったから、会ってねえのかなって気になってさ」

大ちゃん、まだ私のこと気にしてくれてるんだ。

「あいつのこと名前で呼んだりタメ口使ってる後輩、おまえだけだったもんな」

「え……なにそれ、嘘でしょ？」

「は？　なんで？　バスケ部めちゃくちゃ上下関係厳しかったぞ」

そういえば、部活中に後輩と話している姿を何度か見た時、確かにみんな敬語だった。それによく考えてみれば、運動部なんて上下関係が厳しいに決まっている。

――さん付けとか敬語とか、あんまり慣れてないから。

大ちゃん、やっぱり嘘つきじゃん……。

「そういや、後ろにでかい封筒《ふうとう》ない？　結婚式のパンフレットみたいなやつ入ってるよ」

植木くんの言う通り、封筒が置いてある。

好きな人の結婚式のパンフレットなんて見たいわけがなかった。五か月が経っても傷は癒えていない。やっとほんの少しだけ塞がってきた傷口をこじ開けて塩を塗るようなものだ。もはや自殺行為と言ってもいい。

だけど私はスルーできなかった。

絶対に見たくなんかないのに、わざわざ傷口をえぐりたくなんかないのに。

見なければいけないような、確かめなければいけないような、そんな気がした。

「これ……借りていい？　見たい」

「ああ、いいよ。そのうち返せよ」

「うん、ありがと」

なにか書いてあるかもしれない。

真実を知りたい。私の中ではまだ、曖昧なことがたくさんある。

植木くんに家まで送ってもらうと、すぐに封筒を開けた。淡いピンク色の可愛らしい表紙には『WeddingReception』と書いてあった。

手が震える。鼓動が速まる。

胸に手を当てて、深呼吸をして、パンフレットを広げた。

見開き一ページ目には、大ちゃんと真理恵さんの大きなツーショット写真が載っていた。前撮りの写真だろうか。タキシード姿の大ちゃんと、ドレス姿の真理恵さん。まだ一ページ目なのに傷口が半分くらい開いてしまった。

かっこいいなあ、と思う。私もタキシードを着た大ちゃんとこんな風に並んでみたかった、なんて、いくらなんでも未練がましすぎるだろうか。

二ページ目は、下部が席次表で、上部は私が一番見たくないものだった。

『新郎《しんろう》　山岸大輔　新婦《しんぷ》　塚本《つかもと》真理恵』

ふたりの名前が歪んだ。堪えても無駄なことはもうわかっているから、手も涙も止めずにページをめくる。三ページ目はふたりが子供の頃からの写真や、大人になったふたりの写真、友達との写真が一面にぎっしり載っている。

隣のページに目をやると、大ちゃんと真理恵さんと、赤ちゃんの写真があった。とても小さい、産まれて間もない、しわしわの赤ちゃん。真理恵さんが赤ちゃんを大切そうに抱いている。大ちゃんは真理恵さんの隣で微笑んでいた。すごく幸せそうな家族の写真。

赤ちゃん、無事に産まれたんだ。ほっとしている自分に、ほっとした。

だけどよく見てみると、赤ちゃんが小さすぎる気がする。

それにこの写真、最近撮ったものじゃない？

写真の中の大ちゃんは、最後に会った日よりも幼いような気がした。微妙な違いだけれど、なんとなく高校生の頃の大ちゃんに見える。写真だからだろうか。

疑問に思いながら目線を下げると、写真の日付が書いてあった。やっぱり最近のものじゃなく、ちょうど一年くらい前に撮ったものらしかった。さらに目線を下げると、長い文章がある。

一瞬ためらったけれど、読むことにした。

どれだけ傷口がえぐられてもいい。ちゃんと、すべてを知りたい。

長い長い文章の内容はこうだった。

一年前、ふたりが高校生だった時に真理恵さんが妊娠した。悩んだ末、お互いの両親も交えて話し合いを重ね、産むことになった。けれど臨月《りんげつ》を迎えることなく、赤ちゃんは超未熟児《みじゅくじ》で産まれた。そして赤ちゃんは、産まれてすぐに真理恵さんの腕の中で息を引き取った。赤ちゃんは天国へ行ってしまったけれど、ふたりはその悲しみを乗り越え、結婚を約束した。

読み終わった時、私は言葉を失っていた。

一年前、って。

――山岸、あいつ最近学校来てねえんだよ。

駿くんが言っていた頃だ。こんなことがあったなんて、全然知らなかった。真理恵さんが言っていた『婚約してる』と『子供がいる』というのは、こういうことだったんだ。

いろいろある、と大ちゃんに言われた時、そんなのたかが知れていると思っていた。ただ長く付き合っていたから、踏ん切りがつかないだけじゃないのか、と。

そうじゃなかった。

私が思っていたよりもずっと、大ちゃんが言う『いろいろ』は深かった。

簡単に別れられるはずがなかった。

簡単に私を選べるはずがなかった。

――なんで別れてくれなかったの⁉

――他に好きな子いるって言えば済む話じゃん！

自分勝手なことばかり言って、自分の気持ちを押し付けて、大ちゃんを責めた。無神経なのは私の方だった。

駿くんさえ知らなかったということは、大ちゃんはきっと誰にもなにも言わずに、ただ笑いながら過ごしていたんだ。

すべてを抱え込んで、大ちゃんはどれだけ辛かっただろう。

それでも大ちゃんは、私を支えてくれた。そばにいてくれた。たくさん救ってくれた。

ああ、やっぱりだめだ。

もう一度だけでいいから、大ちゃんに会いたい。

私もちゃんと、ごめんねって、ありがとうって言いたい。

メッセージなんかじゃなく、ちゃんと会って伝えたい。

――だから、どうか。

神様と呼ばれる人がいるのなら、もう一度だけ、あの人に会わせてください。

どうしても伝えたいことがあります。

だから、もう一度だけ、会わせてください――。

＊

あのね、大ちゃん。

中学生の頃、ずっと思ってた。

奇跡だの運命だの、そんなものはない。全部タイミングでできていて、たまたまタイミングがよかっただけの話だと。

そんな、ちょっとひねくれたことを考えながらも気にしていたのは、私も心のどこかで憧れていて、強く求めていたからかもしれない。

運命だと感じさせてくれる出会いを。すべてが奇跡だと感じさせてくれる人を。

大ちゃんと出会って、そんなものを信じたくなったんだよ。

〝またね〟

大ちゃんが初めてその言葉をくれたあの日から、私の世界は変わったんだよ。

大ちゃんもそうだったかな。

私と出会って、ほんの少しでもなにか変わったかな。

私ね、大ちゃんと過ごした二年間は、奇跡の連続だったと思ってる。

だからね。

大ちゃんとなら、もう一度だけ奇跡が起きる。

心のどこかで、そう信じてたんだよ。

真実を知ってから数日後。

学校帰りにみんなで寄り道をして、夜に解散してバス停へ向かった。

雪が降っているとつい見上げてしまう。大ちゃんと出会ってから、私はいつの間にかただぼんやりと雪を眺めるのが癖になっていた。きっと、大ちゃんのことを思い出すからだ。

バス停に着いたものの、時刻表を見ると次のバスが来るまでけっこう時間があった。寒さを凌ぐため、さっき通りかかったコンビニに寄ろうと踵を返し、駐車場に着いた時。

駐車場の隅っこに止まった車を見た瞬間、思わず目を見張った。

「……大ちゃん」

運転席のドアが開き、大ちゃんが車を降りた。

見間違えるわけがない。

奇跡だと思った。

この奇跡を無駄にしてしまえば、本当にもう二度と会えない。

足は自然と駆け出していた。

心臓が、破裂しそうなほどに激しく脈打っていた。

——あの……、ヤマギシ……さん。

あの日と、同じように。

「大ちゃん！」

——ああ、思い出した！　うまかった子だ！

「……菜摘？」

たった数メートル走っただけなのに、考えられないほど息が上がる。

十二月なのに、雪が降っているのに、全身が熱い。

驚いていた大ちゃんは、やっぱりすぐに笑顔を取り戻した。

「久しぶりだね。……元気してた？」

「うん……久しぶり。元気だったよ」

焼けたように熱い喉のせいか、かすれた声しか出ない。

喉に手を当てて、声を絞り出した。

「……大ちゃん、ちょっと話せない？」

いつだって私は、大ちゃんから言ってくれるのを、来てくれるのを待っていた。

最後くらい、ちゃんと私から伝えなければいけない。

「……うん。仕事までまだ時間あるし、話そっか」

大ちゃんの車に乗る。

隅っこに止めている車の中は、あまり街灯の光が届かず薄暗い。

あの頃と変わらない甘い香りはとても懐かしくて、私の決意を揺らがせた。

自分から呼び止めたくせに、自分から伝えると決心したはずなのに、なかなか思うように言葉が出てこない。永遠に続くんじゃないかと思うほど長い沈黙の中、先に切り出したのは大ちゃんだった。

「ほんと久しぶりだね」

「あ……うん。五か月ぶりだもんね」

「だな」

五か月って長いのかな。短いのかな。

わからないけれど、私にとってはとてつもなく長かった。

「でもやっぱり、おまえ変わんないね。落ち着く」

「大ちゃんも変わらないよ」

あんなにうるさかった心臓が、もう落ち着いている。

大ちゃんは、「そっか」と優しく微笑んだ。

こうして一緒にいるだけで、好きだなあ、と思う。何度も、何度でも。

大ちゃんと会うたびに願っていた。

もう少しだけ。もう少しだけ、一緒にいたい。ずっとずっと、このまま一緒にいられたらいいのに。時間が止まってくれたらいいのにと、何度も何度も、どうしてもそう願ってしまっていた。出会ってからずっと、私はその位置にしかいられなかったから。

だけど時間は止まらない。必ず進んでいく。

だから、もう立ち止まってばかりじゃだめだ。

「あのね、大ちゃん」

大ちゃんと過ごした日々は、ちっとも過去になっていなかった。

たったの五か月じゃ、私には全然足りなかった。

だけど、大丈夫。私はちゃんと言える。

今度こそ、覚悟はできている。

この二年間ずっとできなかった、大ちゃんとさよならをする覚悟が。

「私、全部知ってるよ」

「全部って？」

「大ちゃんが言ってた、いろいろ」

結婚式のパンフレット見たから、と付け足すと、大ちゃんは「そっか」と呟いた。

「大ちゃん、ごめんね」

「なんで菜摘が謝るんだよ」

「大ちゃんが悩んでたこと、なんにも気付けなかった」

いつだって大ちゃんは、私の些細な変化に一早く気付いてくれた。

たくさんたくさん、大ちゃんに救われてきたのに。

私は大ちゃんの大きな変化に気付けなかった。

「いいよそんなの。……俺も、ちゃんと言えなくてごめん」

「ううん。謝らないで」

私が大ちゃんの変化に気付けていたら、あんなに寂しそうな顔をさせずに済んだだろうか。この昏く綺麗な瞳には、もっと鮮やかな色が灯っていただろうか。もっともっと、たくさんたくさん、心から笑ってくれただろうか。

「俺……もうとっくに、菜摘に忘れられてると思ってた」

なにを言っているんだろう。

そんなのありえないのに。こんなにも、大ちゃんが好きなのに。

思い返してみれば、大ちゃんってけっこうネガティブかもしれない。

大ちゃんは知らないのだ。

自分がどれだけ人に愛されているのかを。

「忘れてないよ。忘れるわけないいじゃん」

絶対に忘れない。忘れるわけない。大ちゃんを忘れた日なんて一日もなかった。

大ちゃんを想った日々も、大ちゃんがくれた言葉も、絶対に忘れない。

「そっか。よかった。……俺もさ、菜摘のこと忘れた日なんてなかったよ」

「……ほんと？」

「ほんとだよ。これからも、一生忘れない」

目を細らせて、私の頭にそっと手を乗せる。

あんまり優しく笑うから――私は結局、せっかく順調に我慢できていた涙をこぼしてしまった。


君がいつも笑っていてくれたから、私はいつも笑顔になれた。

寂しい時も、苦しい時も、君の笑顔に救われた。

ずっと願っていた、心のどこかで信じ続けていた奇跡が起きた。

もう大丈夫。きっと前に進める。また歩き出せる。ちゃんと伝えられる。

最後に――後悔しないように。

「あのね、大ちゃん」

「ん？」

「私ね、大ちゃんのこと、ほんとにほんとに大好きだったよ」

「うん……ありがとう」

「大ちゃんと出会えて、ほんとにほんとに幸せだった」

「うん……」

「私にとっても、大ちゃんが初恋だったよ」

大ちゃんをしっかりと見たいのに、涙が邪魔をする。

涙を止める術は相変わらず見つからない。

いつだって、大ちゃんが止めてくれたから。笑顔にしてくれたから。

「あんなに人を好きになったの初めてだった。大ちゃんだからだよ」

うまく喋れているだろうか。涙で大ちゃんの顔が見えない。

「今まで本当にありがとう」

大ちゃんは困っているだろうか。

ううん、大ちゃんなら、きっと。

きっと、笑ってくれている。

「世界で一番愛してた。だから――」

〝さようなら〟

出かけた言葉をぐっと呑み込んだ。

もう強がりはやめよう。

私が最後に伝えたいのは〝さよなら〟なんかじゃない。

「またいつか……何年も経って、うちらがもっと大人になってさ。私も結婚して、お互い子供もいたりして。いつか、懐かしいねって、そんなこともあったよねって、笑って話せるようになったら……また会いたいな。何年かかるかわかんないけど、また会いたい」

大ちゃんに会うのは、これが本当に最後になる。

何度目の最後だろうと自分でも突っ込みたくなるけれど、本当に本当に、これが最後。たとえまた奇跡が起こっても、もう追いかけてはいけない。もう自分の気持ちだけで引き留めたりしない。

〝最後になる〟んじゃない。前に進むために、〝最後にしなきゃいけない〟んだ。

「だって私たちさ、なんか切っても切れない縁じゃない？」

だから、笑ってさよならをしたかった。

前に進める約束を、したかった。

「……うん。そうだね」

大ちゃんの顔を見なければいけないと思った。

ちゃんと、大ちゃんの姿を目に焼きつけておきたかった。

俯いて、深呼吸を繰り返して、手の甲で涙を拭った。

顔を上げると、大ちゃんは大きな手で目元を覆っていた。

手の隙間から流れる、かすかに差し込む街灯に照らされたひと筋《すじ》の光。

――大ちゃんの、涙。


ごめんね。

大ちゃん、ごめんね。

たくさん悩ませてごめんね。

たくさん苦しませてごめんね。

泣いてばかりでごめんね。

泣かせてごめんね。

最後に大ちゃんの涙を見られたこと、嬉しく思ってごめんね。

大好きだよ、大ちゃん。


「約束、してくれる？」

小指を差し出すと、大ちゃんが小指を絡めた。

「約束するよ。俺嘘つきだけど……この約束は絶対守りたい」

大ちゃんも、きっとわかってくれている。

これが最後のさよならだということも、私の最後の嘘も、私の想いのすべても。

絡めた小指をほどき、そっと手を重ねる。

それはケジメであり、言葉にならない想いのすべてであり、今の私たちにできる最大の愛情表現だった。

大ちゃんの手は、相変わらず冷たかった。

だけど、今までで一番、温かかった。

「絶対に、幸せになってね」

「うん。菜摘もね」

大ちゃんの幸せを、誰よりも願っている。

大ちゃんが願ってくれるなら、私はきっと幸せになれる。

「またね」

「うん。またね」

〝さよなら〟だけはどうしても言いたくない。

私はやっぱり、大ちゃんが言うその言葉が一番好きなんだ。

だから、もう会えない君へ。

私の最後の愛を。

＊

あのね、大ちゃん。
君は、私と出会ったことを後悔していますか？
私はしていません。
君と出会えて、本当に幸せだった。
出会えてよかったと、君を好きになってよかったと、心の底からそう思えます。
君に訊いたら、なんて答えてくれるかな。
〝俺も菜摘に出会えてよかったよ〟
そう言ってくれたらいいな。

ずっとずっと、君との出会いは運命だと思ってた。
偶然なんかじゃなく、必然だと思ってた。
だけどね。
運命じゃなくても、ただの偶然だったとしてもいいよ。
あの日、君と出会えて、二年間の時を過ごせた。

君は確かに、私のそばにいてくれた。
奇跡みたいな幸せを、かけがえのない一瞬をたくさんくれた。
〝世界で一番愛してる〟
私を好きになってほしいという願いを、これ以上ない形で叶えてくれた。
自惚れだと思われてもいい。
あの時、私たちは確かにお互いを想っていた。
ふたりにしかわからない、ふたりだけの世界があった。
ふたりにしか感じることのできない、ふたりだけの想いがあった。
私は、そう信じています。

ひとつだけ気になることがあります。
君は今、幸せですか？
お願いだから、苦しまないでね。哀しまないでね。
辛い時は誰かに頼ってね。
たまには、ちょっとくらい泣いてね。
どうか、もう二度と、君が孤独を感じることがありませんように。
君がずっと笑っていられますように。

君が世界で一番幸せになれますように。
いつも笑っていてほしいよ。
君にはやっぱり、笑顔が一番似合うから。

私の願いはこれだけです。
それじゃあ、

〝またね。〟

END